一《いち》の魅力

ＰＴＳＤの体験記

高 詩月

どんな身体的・精神的障がいがあろうとも、
その人にしかない才能を持っていたり、
なかには健常者以上の秀でた才能にめぐまれた人もいる。
そういう人達の存在は、人に大きな感動を与える。
でも、そういう人はほんの一握りにすぎない。

しかし、別にそこまでの才能がなくてもいい。
その人しかもっていない、その人らしい魅力があるはずだ。
たった一つでいい。
たった一つでいいのだ。
生命さえあれば……
その『一の魅力』を信じて生きてみませんか？

高　詩月

目次

●装丁・写真――山口千乃

PTSD《心的外傷後ストレス障害》の体験記『一の魅力』の刊行にあたって

心的外傷後ストレス障害（以下、PTSD）という言葉は、よく耳にするようになりました。１９９５年の阪神・淡路大震災、２０１１年の東日本大震災で、しばしばマスコミでも報道されました。しかし、その具体的な内容については、まだあまりよく知られていないように思います。

著者の高《こう》さんは、世間一般の人々に、「ＰＴＳＤって、どういうものか知ってほしい」、そして、自分と同じくＰＴＳＤになった人たちが、見過ごされず無視されず、馬鹿にされずに、ちゃんとした対応をしてもらえるように」という思いから、勇気をもって自分の「ＰＴＳＤ体験記」を執筆されました。

■世間はもちろん、医師にも理解されていなかったPTSD

高さんは、それらの大震災に先立つ１９９３年に、仕事途中に線路内工事に遭遇し、その場で事故に巻き込まれ、電車に轢かれる寸前に助け出されました。捻挫やむち打ちなどの身体的なダメージの他に、ＰＴＳＤにもなっていました。

ところが、フラッシュバックや悪夢という代表的なＰＴＳＤの症状を、事故後に通院していた病院の外科医に打ち明けたところ、その医師から、「そんな馬鹿げたことを言うな。気が弱いからだ」と叱責されました。以来、２００１年に精神科でＰＴＳＤであると診断されるまでの８年間、「これは、誰にも言ってはいけない症状なんだわ」と思い込み、家族にさえ言えずに独り悶え苦しんで生きていました。

精神科で、ＰＴＳＤであること、フラッシュバックや悪夢はその症状であり、自分ではコントロールできない「トラウマ記憶」のよみがえり現象だと、説明されました。それを聞いて、「やっとわかってくれる人に出会えた」、「私は嘘つきや狂気ではなかったんだわ」と安心し、「自殺もしばしば考えたけれど、ここまで生きていてよかった」と、涙を流して声をあげて泣きました。家族も、「奇妙な行動やイライラした様子の訳が、ようやく分かった」と得心し、本人の気持ちや症状を深く理解して、今では力強い支援者となってくれています。

■弁護士や裁判官もＰＴＳＤを知らなかった時代

外科の医師が、あのような言葉を吐くということは、信頼関係や倫理的な観点からいかがなものかと思いますが、ＰＴＳＤを知らなかったことについては無理もありません。当時は精神科医でさえ、一部の人しか知らなかったのですから。しかし、その後になっても、高さんの２００１年の民事訴訟（ＰＴＳＤによる損害賠償の請求）では、裁判官はまったくＰＴＳＤの知識を持ち合わせていませんでした。弁護士さえも、不十分な理解しか示しませんでした。その結果一審は敗訴しました。すぐに高裁に控訴し、分厚い精神科医の鑑定書を提出したにもかかわらず、高裁の裁判官もＰＴＳＤに対して無知でした。これら2回の裁判は、１９９５年の阪神・淡路大震災のあとのことです。精神科医の中では、ＰＴＳＤを知らない人はほとんどなくなっていました。しかし、裁判官でさえＰＴＳＤのことを知らなかったのです。まして一般の人が知らないのは当然でしょう。

■最近でも、ＰＴＳＤを詳しく知っている人は少ない

最近では、ＰＴＳＤという病名は、よく知られるようになりましたが、その内容まで詳しく知っている人は、まだまだ一部のように思います。

ＰＴＳＤには、単純型と複雑型（複雑性）の2種類があります。単純型というのは、１回の「あーもう死んでしまうー！」というすさまじい恐怖感をともなう事故・事件をきっかけにして、発症するタイプです。高さんの場合は、間近に電車が迫り、「あー轢かれる。死んでしまう。たすけてー！」という体験をしました。ちなみに、複雑型の代表は、親などから幼児期から繰り返し虐待を受けることで、発症するタイプです。

■ＰＴＳＤの症状とは？

単純型に絞って、ＰＴＳＤの症状について簡単に解説しましょう。

高さんのように、「死んでしまうのではないかと思うほどの強烈な恐怖感をともなう体験・事件に出会った」人が、以下のような症状を示した場合、ＰＴＳＤと診断します。

①恐怖体験（トラウマ記憶）が勝手に思い出される

自分で思い出そうとしていないのに、「トラウマ記憶」という恐怖体験にあった時の情景が、勝手に頭の中によみがえる症状です。これを「フラッシュバック」と言います。フラッシュバックが睡眠中に現れると、悪夢になります。事件当時にあった物事が、誘発刺激となってフラッシュバックを起こすことがしばしば見られます。

高さんの場合は、踏切の警報機音（カンカンカンカンという音）に似た金属音、電車の写真やイラスト、点滅する赤いランプ（事故当時の警報機の点滅に類似）、男の人の大声・怒鳴り声・突然の大きな音（事故のときに工夫の男たちが大声で怒鳴り合っていた）、黒いコード（事故のときに足が絡まって宙づり状態になった）、救急車やパトカーのサイレンの音などです。

②刺激の回避と引きこもり

誘発刺激を避けるために、またいつも不安で気持ちが落ち込み自信喪失するので、人を避けて引きこもるようになます。高さんのように、家族にさえ心を開けなくなり、自分を「ダメ人間」と責めることもしばしばあります。

③過覚醒

いつもビクビクしていて過敏で、またちょっとしたことでイライラしやすく、緊張感が強いために夜もよく眠れず、食欲も低下しがちになります。これらは「過覚醒」といわれる症状です。高さんの場合は、すべてが見られ、精神科に初診したときには、そのためひどくやせ細っていました。

■PTSDの症状や苦しさが切々と書かれた体験記

高さんの体験記の中では、それらの症状が実際どんなものなのか、どれほど苦しいのか、そのために日常生活や家族関係や人生がいかに変化してしまうものなのか、具体的に詳しく書かれています。そしてまた、正しく診断されることがいかに大切か、それらの症状をどうやって克服してきたのか、家族をはじめ周りの人との絆を取り戻すことがいかに病状を回復させてきたか、切々と書き込まれています。

高さんは、この文章を自分の症状をコントロールするために、ポツリポツリとワープロで打ち始めました。それとともに次第に自分の人生の意味や価値を再発見していったように思います。そして、「PTSDのことを世間の人に知ってもらいたい」と思うまでになりました。完全回復はしていないものの、精神科に受診した13年前のことを思うと、雲泥の差です。

なお、ＰＴＳＤは、心的外傷体験に出会った後の「トラウマ反応」の一つです。「トラウマ反応」は、不眠症、うつ状態、パニック障害、解離性障害、身体化障害（身体的多愁訴）、リストカットなどの症状を呈することもあります。それら（ＰＴＳＤを含む）をまとめて、「心的外傷後ストレス症候群」と呼びます。典型的なＰＴＳＤの症状がそろっていない「トラウマ反応」も多いのです。

ＰＴＳＤになった人にとって、周囲の人の理解は、薬や治療を上回る、安心感と癒しを与えてくれるものだと、つくづく思います。

どうか皆さまが、この本を読まれて、ＰＴＳＤのことやその苦しみについて、より深い理解を示してくださることを願ってやみません。

２０１４年８月　　精神科医　遠山照彦

一・「180度のプライド」

あなたは知っていますか？　【ＰＴＳＤ】という名の病気を……。

日本語に訳すと、【心的外傷後ストレス障害】という障害を？

１９９３年、そう。20年前の忘れもしない5月24日。それは悪夢だった。悪夢に違いない。いや、悪夢であって欲しい。でも悪夢ではなかった。やっぱり、事実だった。

踏切で作業員の不注意から電車に引かれそうになり、その時から、私は、【ＰＴＳＤ】となった。

しかし、当の本人である私が、【ＰＴＳＤ】であると解るまでには、事故後8年も経ってからのことである。


いつ治るか解らない。一生治らないかも知れない。

「人の一生は有限だからね。だからこそ、今を大事に」と、他人は言う。

そうだと思う。

「もっと不幸な人がいっぱい、いるんだから」と、他人は言う。

そうだと思う。

でも、お願いです。他人と比べないで下さい。

私の場合、死への恐怖は毎日襲ってくる。他人は、理解しているような仮面を被り、私を支えてくれる。しかし、私が、この障害の名前になり皮肉《ひねく》れ者になったからかも知れないが……、車椅子の生活を余儀なくされ、その上、【PTSD】とは……。


皮肉にも、ラジオからは、かわいい声で「ひなまつり」の子どもの歌声が聞こえてくる。

このギャップに涙が止めどなくなく流れてくる。

『泣かないで!』自分に言った。

『泣いても仕方がないじゃないか?』

10回目の桃の花も涙色だった。

毎年、人々は季節毎にいろんな色の服を着て季節を楽しむ。

今年もまた春がきた。春は明るいピンクの色をつけた桜の花が咲くけど、私の服はいつも黒。

私は萌えるような5月の木々の葉の緑が好きなのに(別に私が5月生まれというわけではないが……)、私の服はいつも黒。

夏は太陽に挑戦するかのように、真っ黄色の顔をみせるヒマワリ。でも、私の服はいつも黒。

秋は紅葉で冬の準備をする紅色。でも、私の服はいつも黒。

冬は人の心を洗うかのような真っ白な雪。でも、私の服はいつも黒。10年間の生活が、私の心まで黒にしてしまった。でも、このままじゃ生きてる意味がない。命があるじゃないか？　せめて、心だけでも、シャンと背を伸ばし、車椅子でも黒い服はやめて、ピンク、緑、黄色、紅、白のカラーで、大声で叫んで生きていけばいいのだ。山が海になり、空が陸になるかも知れない。奇跡とはそういうものだ。誰にもわからない。それじゃ、その奇跡を信じて生きていくのもいいかも知れない。

私なりに、私らしく、１８０度のプライドを持って。

二・事故

1993年5月24日、2時30分。

そう、忘れもしない。私が生きている限り、絶対に忘れられない事故である。ただ単に、忘れられないということだけではなく、私の人生を大きく狂わせた最悪のものであった。

もし、仮に、私の寿命が尽きるまでに完治したとしたら、それは、それで、一時狂わされたとしても、ある意味救われたかも知れない。

しかし、この体験記を書いている今も、20年経った今も、少しずつ回復に向かっているとはいえ、まだまだ先は長し、ということだ。

私には二人の娘がいる。二女が小学校に上がり、手がかからなくなったので、少しでも家計を助けるためと、同時に外に出て働くことの好きな私は、事故が起きる1年前の1992年6月からA生命保険会社に入社した。

photo title :「はじまりの一歩」

入社したとは言え、こんなわがままで、強引な入社の仕方は、まずないだろう。

それは、生命保険会社という性質もあろうが……。本来、居住の支部に勤めるのが正当であるが、そうすると、娘達の通う学校からは遠い。私は無理に、学校から二つ目の駅にある支部に応募した。そこが学校から一番近かったからだ。

支部長に面談して、開口一番、こんなお願いをした。

「娘二人は、ここからそう遠くないS私立小学校に通っています。ですから学校行事、つまり、参観日、保護者会等々、参加させて下さい。その穴埋めは、きっちりと仕事で返します。更に、もう一つ大変厚かましいお願いですが、娘達を鍵っ子にしたくないので、この支部に、娘達が下校途中に寄って、私が社に帰るまで、待たせて頂けないでしょうか？　もし、この希望が受け入れられなければ、私は、採用されても辞退します」

よくも言えたものである。まだ、採用されたわけでもないのに……【母は、強し】か。

ところが、ところがだ。私の母としての子を思う熱心さ（？）に感動したのか、はたまた〝こんだけ豪語するおもろいおばはんなら、それだけの仕事をするかもしれん〟と、思われたのか、ちょうど娘達と同じくらいの年齢の息子が2人いる支部長が、親しみを感じてくれたのか、夫が私学の教員ということも、採用要因の一つになったのか。とにかくにも、「じゃ、明日から来て下さい。希望は全て了承しました。ただし、行事に出かける時は、私に一言、声をかけて行って下さい」

採用決定。

こんなふうに、実に簡単なやり取りで、私は入社した。

子ども達は下校後、私の支部に寄り、母の帰社までに宿題を済ませ、そして三人で帰宅する日々が、一年続いた。

その間、とりわけ支部長は、二女を可愛がって下さった。自分に娘がいないので、めずらしくもあり、年下の女の子とのデートができることを、密かに楽しみになさっていたのか？

時々、二女を連れて、近くのお菓子屋さんに連れて行って下さった。

店に入ると、いつも決まって、

「お姉ちゃんの分も、買って上げてね」と。

二女は、二人分のお菓子を買ってもらって、姉が来るのを待って、一緒に仲良く食べたとか。

「手をつなごうと思って、手を出したら、彼女に断られた。フラレてしまった。ア・ハ・ハ……」と、笑って、娘とのデートを楽しんでおられた。

「支部長、いくら小学生といっても、それは、あきませんよ、○○ちゃん、気を付けなあかんで!!」

「ホンマ、ホンマ……」

こんな和やかな会話が飛び交い、小学生がいるということで、社内がパッと明るくなった。

子どもの力とは、大したものだと、その時再認識した。

社のみんなは、イヤな顔ひとつせず、お弁当に入っているゼリーや、持ってきたお菓子を、娘達に下さった。

とにかく、娘達はかわいがられた。母として、私は安心して仕事ができ、専業主婦から一転して、『働く女性』として出発したのだった。

A生保での仕事の内容は、主として、公立学校の共済関係だった。

わずかの書類の入ったバッグを持ち歩くだけで、移動は全て電車、バス等の公共交通機関か、徒歩、自転車であり、車は使用しなかった。同僚の中には、車だけで営業する人が多かった。私も免許は持っていたが、家には一台しか車はなく、その車は、夫が通勤で使用していたからである。

当初3か月の見習い期間（つまり講習期間）を経て、商品販売の資格を取り、営業の仕事についた。

体験記を書くことを決心したものの、今でも事故の時のあまりに強烈な恐怖と、悲惨さを思い出すだけで、胸が締め付けられ、筆が止まる。時々精神安定剤の力を借りて、『ゆっくりでいい！ゆっくりでいい！　あわてないで！　思い出せることを正直に……』状況は違えど、同じ思いで苦しんでいる人が、一人でも、このつたない私の体験記を読んで、少しでも心が安らかになり、『私一人じゃないんだ！』と思ってくれたら、それでいい。

そんな思いを込めて、時には、ヘコミながら、時には、自分で自分を励まし、鼓舞しながら、筆を執っている。

事故は仕事中に、私がJR「O駅」のすぐ北側の踏切にさしかかった時に発生した。

私はこのJRと平行して走っている向こう側（西側）にある私鉄○○駅から、その私鉄に乗るつもりだった。私がJRの踏切にさしかかった時だった。たまたま線路内では数人の作業員が、何かの作業をしていて、黒いゴムのホースかコードのようなものが（後で解ったことだが、それは除草工事だった）、線路と平行に地上50〜60㎝くらいの高さにピーンと張られていた。踏切内には、作業服姿の50〜60歳くらいの男性作業員が一人立っていて、通行人が来る度に、そのコードを片足で踏んで、通行人が安全に通れるように誘導していた。

私がコードに近づいた時、その作業員は、「ちょっと待って下さい」と言い、50〜60㎝の高さのコードを、長靴を履いた片足で力一杯踏んだ。コードはたわむことなくピーンと張っていたので、作業員はかなりの力を入れたと感じられた。そして、コードは地面（線路）にペタッとついた状態になった。

作業員が、「どうぞ」と言ったので、私は「はい」と答えて、その指示を信頼し、右足を前に出し、コードをまたいだ。そして、次に左足を上げ、コードをまたごうとした瞬間のことだった。JR「O駅」付近は急カーブで、作業員同士の連携プレーが悪かったのだろう、踏切外で作業をしていた作業員数名が、移動するため、そのコードを思いっきり引っ張ったために、踏切内でコードを踏んでいた作業員の足が、パッとコードから、突然跳ね上がった。私はかなりのフレアの入ったロングスカートを履いていたので、そのスカートがコードに絡みつき、左足はコードと共に跳ね上げられ、それにつられて、右足も浮き上がり、左に引っ張られたため、非常に不安定な状態になった。左足と共に身体の左半分が（詳しく説明すると、斜め左うしろに）持ち上げられ、空中で腰を強く捻ってしまった。

一瞬、何が起こったのか、頭が真っ白になり、状況判断は不可能だった。

『痛い!!』と感じたのと同時に、右手に持っていたバッグは前方に放り投げ出され、身体は、まるでプールで、飛び込みに失敗した時のような格好で、全身踏切内に叩きつけられた。右手は前に伸びていたので、とっさに『頭を打ってはいけない!!』と、頭を守ろうとして、頭が地面に着く直前に、首をぐっと上げたため、頸部にギクッという強烈な痛みを覚えた。バッグを放り出した時、右腕が伸びていたため、頭が右肩、右腕に重なるように落ち、幸いにも、地面で頭を打たず、顔にも外傷がなかった。

後に、頸椎捻挫、つまり、むち打ちに苦しむ結果になるのだが……。

頭を打ち、打ちどころが悪くて、意識不明の寝たきり病人にならずに済んだのは、不幸中の幸いというわけか？

ふいに身体の左半分が宙に持ち上げられたため、身体が真っ二つに裂かれたような恐怖を感じた。

〝私の身体の左半分は、どこかへ飛んで行ってしまった。誰かによって持ち去られてしまった。どこへ行ってしまったんだ!!〟

この強烈な恐怖が、あとで大きな、いや、多大な、これ以上、筆舌に尽くしがたいほどの影響を及ぼすことになろうとは、この時はまだ何も解っていなかった。

事故当時、右肩が特に痛かったのは、頭をカバーしたせいだろう。その後、左足の膝が痛く、軟骨が出て変形し、触れると痛く、正座もできなくなった。コードをまたいで通るはずの左足がコードに引っかかって、急に引っ張られ、左斜め上につり上げられ、腰を捻ったからだ。この状態は、まさに宙で股裂きにあったような格好で、突然上から叩きつけられたようなものだ。厳密に言えば、左膝下はコードに絡まれ、左足首は上で揺れていたんだろう。

その時、靴が脱げ、どこかに飛んで行ったんだろう。私には、靴がどうなったかなど考える余裕などなかった。

踏切内にいた作業員は、一瞬何が起こったのか理解できず、少し経ってから事の重大さに気づき、私の頭の上で、「何、すんねん! 気つけんか!!」と、他の作業員に怒鳴ったのを覚えている。今もその怒鳴り声が耳について離れない。

前にも述べたように、私の倒れ方は、丁度、水泳の時、プールで飛び込みに失敗し胸部や腹部を水面に叩きつけた状態に似ている。それだけでも痛いのに、踏切内の線路の上とは……。

あまりの痛さと、真っ白になった私の思考回路の不能で、私は起きあがることができなかった。作業員の「大変だ!!大変だ!!」と叫ぶ声（怒鳴り声と言った方が適切かも……）が聞こえた。私が倒れたままの状態でいたその直後、電車が近づくのを報せる警報機が鳴り始めた。カン・カン・カン……。倒れたまま、気を失いかけながら、電車が近づいてくる音が聞き取れた。何とも恐ろしい爆音、ゴォーッという電車の音、全てを踏みつぶしてしまうぞと言わんばかりの、普段何気なく聞いている電車の音ではなく、線路を伝わって耳に入って来る音は、まさにごう音としか言いようがない、とてつもなく恐ろしい音だった。

『早く、起きあがらないと！　ひかれてしまう！　起きあがらないと！』

警報機は容赦なく、鳴り響く。鳴り続ける。

『早く、早く!!』でも、起きあがれない。

『あっ、電車が近づく！　ひかれる!!　誰か、助けて〜〜〜!!　死にたくない!!　誰か……誰か……助けて……!!　ひかれるるるる〜〜〜〜!!!!!!』

実際は、数秒か数十秒かの時間である。しかし、私にとっては、それは何時間にも感じられた。ずーっと、ずーっと助けを求め続けた。

『誰でもいい、誰でもいいから、早くこの踏切から外へ出して欲しい!!』

耳につく電車のごう音が大きくなるに反比例して、私の意識は徐々に薄れていった。薄れつつある意識の中でも、私はただひたすら助けを求めるしかなかった。

『助けて!!　助けて!!　電車が近づく!!　助けて!!　助けて!!　電車にひかれるるるる〜〜〜〜!!!!』

声にならない声。何度繰り返したことだろう？　何度助けを求めたことだろう？

長かった。今まで生きてきた時間で、一番長い一瞬だった。死を前にして、必死にあがき苦しんでいる時間の長いこと……何も他に考えることはできなかった。

ただ、ただ、死にたくない一心だった。

自殺ならいざ知らず、そうでないなら、死の恐怖に遭ったとき、人は1秒、いや0.1秒でも早く、その恐怖から逃れたいと願うものである。世の中には、死にたいと思いながら生きている人もいるだろう。また、生きたいと願いながらも、死を受け入れなければならない人もいるだろう。自殺・病死・事故死、いずれにせよ、人の生命は有限だから、必ずやどんな状況であれ、死を覚悟しなければならない。【死】の一文字が頭をよぎった時、人は、さまざまな態度をとる。その死に立ち向かおうとする人。その死を受け入れ、残された余命をいかに、有意義に暮らすか？　または、その死に甘んじて自らの手で死を招いてしまう人。

でも、私は生きたい!!　本当に、本当に、誰でもいい、助けて欲しい!!　ただ、この一念があるのみだった。

この時の恐怖は、今もって忘れることができない。

あまりの突然のことで、しばし唖然としていた二人の作業員が、事の重大さに気づいたのか、大急ぎでやって来て、二人して私の両脇を抱え、引きずるようにして、降りている遮断機を必死で押し上げ、私を踏み切りの外へ連れ出した。というよりも、押し出した、と言った方が適切かも知れない。

まさに、「間一髪」。私は、助かった。しかし、私の頭の中では、助かったという実感はなかった。次の瞬間、電車はまるで何事もなく、爆音をたてて通り過ぎた。

肩・胸部・上肢・下肢・膝等に強い痛みを感じ、両膝はみるみるうちに紫色に腫れ上がった。

「注意せなあかんやないか!!　よう助かったもんや!!　この靴そこに転がっていたよ。あんた、大丈夫か?」

心配のあまりか、年配の女の人のかなりうわずった声がしたような気がした…ような気がしたとは、私は、その人の顔を見ることもできず、地面に突っ伏したまま、遠のいていく意識の中で、聞いたような気がしたからだ。

作業員の「はよ、救急車を呼ばな!!」という大声は、わりとしっかり耳に入った。

救急車を呼ぶよりも、すぐ近くに駐車していた作業員の道具を積んだワゴン車で運んだほうが早いということになり、私はその車で病院に運ばれた。B病院では、時間外の診察だったので、しばらく待たされた。ようやくやって来た医者は、無表情で私の顔と身体を一通り眺め回して、

「一番痛いところはどこですか?」

「左足の膝です」

その医者は左足の膝のレントゲンをとっただけで、身体の他のどこにも骨折はないということなので、痛み止めの薬と湿布を出してくれただけだった。

だが、午後6時頃から38度くらいの熱が出、吐き気をもよおし、実際に嘔吐を繰り返し、身体中の痛みがきつくなり、一晩中一睡もできなかった。

この症状は、ただの捻挫だけではないということで、翌朝5月25日、夫に車でB病院に連れて行ってもらった。頚椎捻挫・右肩打撲の診断を受けた。胸部も強く打って痛かったが、医者はブラジャーを外してまでは診察してくれなかった。

捻挫・打撲くらいでは、医者にとっては大したことではないのかも知れない。骨折なら手術もできようが……。

「昨日出した薬がまだあるだろうから、それを飲んで2～3日様子を見て下さい。あまり痛むようなら、明日また来て下さい」

「はい、ありがとうございました」と言って、すぐ外の長いすで、車椅子を持って、待っていた夫と共に帰宅した。

頭は痛いし、気分は悪いし、こんな症状で、痛み止めの薬と湿布でいいのかなあ?と納得いかない思いで、とにかく帰宅した。家に帰って、パジャマに着替えるとき擦過傷はなかったものの、胸のあたりは打撲のため発赤していた。そしてよく見ると、ベルトのバックル(かなり、大きい方だった）で腹部が傷ついたらしく、打撲のため紫色になった場所に血がにじんでいた。事故当時、身体のあちこちが痛く、頭が混乱し、恐怖感で、自分の身体の、隅々まで見る余裕など全くないと言っていいほど、冷静さを失っていた。

工事の関係者の名刺をもらっていたので、明日も病院へ行くというと、病状をきちんと把握したいので、明日診察の後、話し合いたいと言うことだった。

次の日、診察に行くと、既に関係者は病院に来ていて、名前を呼ばれて診察室に入った私の後から、ずかずかと入ってきて、医者に向かって、「診断書を書いて下さい。診断書を書いて下さい」と、半ば強制的に迫った。

医者は、むっとして「今、診察中なので、後にして下さい」と、かなり強い口調で答えた。診察を終えて出てきた私の側に来た関係者に、看護婦は、「先生が、今診断書を書いていますので、しばらく、お待ち下さい」といった。その時、作業服を着ていた関係者の一人が、車椅子に乗っている私のすぐ側に来て、「たかが、転んだだけなのに！……」と大きな声で（罵倒するようなといったほうが、適切かも）、私をにらみつけた。この言葉も、今も忘れられない残酷な一言となった。

死にはしなかったけど、死ぬかと思うような、いや、もうちょっと遅かったら、死んでいたかも知れないのに……。よくそんなことが言えたもんだ。〝死んでいたら、私の命を返してくれるのか？〟声にはしなかったけど、心の中で、私は大声で叫んでいた。

そして、診断書には、【胸部・右肩打撲、頚椎・左膝打撲、頭痛、吐き気（＋）、目眩（＋）、三週間の安静必要】と記載されていた。医者は相手の男の人に、診断書を渡す時、「これは、あくまで目安であって、後遺症のでる可能性があります」と言った時、関係者は、更に不服そうな顔をしたのを、私は不快な思いで眺めていた。

もう一人のきちんとした身なり、つまり背広を着た人は、会社の係長と印された名刺を差し出し、「この度は、大変な目に遭わせてしまい、申し訳ありませんでした。１００％こちらが悪いので、完治されるまで、一切面倒はみさせて頂きます。本当に、申し訳ありませんでした」と丁寧だった。隣で知らん顔をしている人に比べれば、数段、親切だった。でも後で解ることになるが、それは最初だけだった。

「タクシーで通院して下さい。治療費・交通費は、こちらでもちますから。申し訳ありませんが、貴女の健康保険証を使わせてもらえませんか？」

無知な私は、何の疑いも持たずに「いいですよ」と答えてしまった。

事故の場合は、健康保険を使えないということを知らなかった。何とバカな私だったんだろうと、今思うと、自分のバカさ加減に、腹が立つやら、情けないやら……。

総合病院のような大きな病院は、皆どこでもそうだが、難しい病気でもない限り、また入院を伴わない限り、外来では診察の度に、担当医が変わる。確か初診から10日くらい経ってからのことだったと思うが、変わった担当医に、「事故当時の夢を見て、うなされて、汗びしょりになって、目が覚める」と言ったとき、その医者は、私をバカにしたように、せせら笑いながら、「それは、君の頭がおかしいからだ。そんなはずはない。君の心が弱いからや！　被害者意識が強いから、いつまでも事故のことを思い出すんや。頭の問題や。そんなことは事故後にはありがちなことや！　大したことではない。君の頭がおかしいんと違うか？」と、私の訴えなど全く聞く耳持たずといわんばかりに、カルテにも記入してくれなかった。このことが、後に私にとって、とてつもなく不利な結果をもたらすことになった。

元来、医者は患者の訴えをそのままカルテに記載するものであるはず。むろん患者の全ての言葉を記さなくとも、大事なことは記入すべきだと思う。しかし、医師の手により、私の訴えは無視され、私は、ただ頭のおかしな変な患者ということになった。

唖然としている私に、診察はもう済んだのに、いつまでいるんやと言わんばかりに、看護婦に、「ハイ、次！」と大声で言われ、私は傷ついた心を、まるで石の塊でも押しつけられたような重い気持ちになった。半べそ、頭は真っ白、杖をつき、よろけながら、どこをどう歩いて外来の受付にたどり着いたのか、解らなかった。

椅子に座り、しばし病院にいることさえ忘れて、天と地がひっくり返ったくらいの打撃を受け、名前を呼ばれたのも気づかぬくらいだった。連呼された聞き覚えのある名前に、自分だと認識するのに、どれだけの時間がかかっただろう。1分もかからなかっただろうに、私には1時間も2時間もかかったように思われた。

会計が済み、薬をもらうべく薬局の前の椅子に腰掛けた時には、大袈裟ではなく、2～3日絶食で働いたツケがどっとまわってきたような疲労感で、頭が地球を何千、何万回とぐるぐる周り、あげくの果てに、私は今どこにいるのかさえ解らない状態だった。

おそらく、私の様子が尋常でなかったみたいで、そばを通った看護婦さんが、「大丈夫ですか？」と尋ねてくれた。

「ハイ、大丈夫です」

今にも倒れそうで、決して大丈夫じゃなかったけれど、オウム返しに、そう答えるのが精一杯だった。薬局でも、かなりの時間がかかった。待ち時間の間、顔は蒼白で、身体はガタガタ震え、何の病気か解らない変な人とでも思われたのだろう？　周りにいた人達は、気味悪がって、一人、二人と席を移動していった。この空気に別に腹を立てる気力もなかった。逆の立場だったら、私も同じ態度を取っただろうから……。

一時間半くらい経って、ようやく薬をもらい、まるで夢遊病者のように、杖をつき薬をもらい、医師の言葉に苛《さいな》まれ、自責の念に駆られ、時には空っぽになった頭で、どうしてタクシーに乗り、家に帰ったのか、全くと言っていいほど、覚えていなかった。医師に言われた言葉だけが、鮮明に頭に残り、その前後のことは、全く空白の時間である。それほど、あの医師の言葉は、私を打ちのめした。

その後、悪夢は続いた。しかし、私はこの時以来、悪夢のこと、そして目が覚めているときに起こる、不思議な現象を誰にも話すことはなかった。

２００1年9月7日に、Ｔ先生にお会いするまでは……封印。

ここから、現実と私の心との戦争が始まった。

三・葛藤

誰にも言わず封印したせいで、私の心はずたずたに傷つき、身体と心の葛藤は頭が爆発するのではないかと思うくらいだった。誰にも言えない分、心の傷はどんどん深くなり、頭の中は事故の現象が、毎日、毎日ぐるぐる巡り、振り払っても、振り払っても、身体から頭が飛んでいくかと思うほど、振り払っても、振り払っても、事故の現象は私の心からも、頭からも離れることはなかった。

もし、もしも、鏡でこの心を映すことができたなら、傷だらけ、血だらけになった心が映ったことだろう。何も言わずとも、他人は理由はともあれ、多少の理解を示してくれるだろう、と思いたい。説明する手間もはぶけるだろう。心を映す鏡があったらと、何度思ったことだろう。無駄なことなのに……無駄だと解っているのに……。「ワラをもつかむ思い」とは、こういうことを言うのだろう。

心の葛藤は、こうも苦しいものなのか？　こうも生きる気力をなくすものなのか？

生きなければ、生きなければと思えば思うほど、自分の弱さに失望し、自分自身に、この上

photo title :「まぶたの向こうに」

なく腹立たしさを覚えた。無理矢理封印したせいで、いや、封印せざるを得なかったため、私の毎日は、私でない別の私が生活しているようなものだった。

私の身体と心に、なぜ？　何が？　どうして？　という疑問符ばかりが付いてくる生活に、誰にも言えず一人じっと耐えるしかなかった。何か理解できない不思議な、不気味な悪魔にでも取り付かれ、強い力に引っ張られ、私は二つの世界で生きているようだった。悪魔は消えることなく、日中、悪魔に取り付かれた日は、その夜、必ず同じ悪魔が現れて、悪夢にうなされる。何一つとして、はっきりしない不安な生活におののきながら、私は生きていかねばならなかった。こんな大きな重荷を背負い、しかも同じ家に住みながら、夫や子どもに気づかれないように生活するのは、並大抵の苦労ではなかった。

敵が何者なのかさえ解らないというのは、いったい私は誰と闘ったらいいのか？　誰にむかって吠えたらいいのか？　……という失望と落胆の淵をさまよい歩くことに他ならなかった。

知っている人がいたら教えて欲しい。この現象はいったい何なのか？　教えてくれる人がいたら、傷つき捻挫した足を引きずってでも、教えてもらいに行ったものを……そんな私の気持ちを、まるでもて遊ぶかのように、悪夢が現れては消え、消えては現れた。

よくよく考えてみると、本当に私の頭がどうかしてしまったのではないか？　医者の言ったことは、あながち外れてはいないのではないのか？　そんな気さえしてきた。

その時の私は平常心を失っていた。それほど追いつめられていたのだ。わけの解らないまま、自分を殺し、家族を騙して生活するしかなかった。嘘に嘘を重ね、いつバレるか？　いつ見破られるか？　毎日が、生きた心地がしなかった。それでも生きなければならなかった。

私は別に何も悪いこと（嘘も方便で、多少の嘘はついたことはあるが……）他人を陥れたり、恐喝、いじめ、詐欺、暴力、殺人等々、警察にお世話になるようなことは、何一つとしていない。慰めのつもりなのか、他人は、いとも簡単に言う。

「運が悪かったのよ」とか、「命があるだけ、儲けものよ」とか。

悪気はないのである。それぐらいのことは、私にも解る。

贅沢な願いかも知れないが、同情はいらないから、理解して欲しい――。

これが今の私の正直な気持ちだ。他人には不可能だと、自ら封印してしまったんだから、それも、自ら招いた、ないものねだりか？

その後、湿布、投薬治療を受け続けたけれど、頭部・頸部・腰部痛がひどく、１９９３年8月24日から、理学療法を受けることになった。しかし、痛くてとても耐えられるものではなかった。理学療法士は、医師から指示されたメニューがあるんだろう。そのメニュー通りに進めていく。ここにも明らかに上下関係がある。もっと厳密に言えば、主従関係だ。

あんまり私が痛がるので、療法士も無理だと思ったのだろう。

「ちょっと先生と相談してきます」と行って部屋を出て行った。かなり時間が経って、戻っ

てきた療法士は、眉間にしわを寄せて、同僚の療法士に、

「いつもの通りよ。あの頑固じじい！　無理なものは、無理なのよ」

「腐っても鯛は鯛っていうけど、一度自分でやってみたらいいのよ！」

「きつくやったからといって、早く治るものでもないしねぇ？」

この言葉のやり取りから、医師と療法士との関係が最悪の状態であることは、一目瞭然であった。

「さっきは、痛かったでしょう？」

「はい、とっても！」

「今度は、痛くないように、やさしいところから、始めます」

「お願いします」

「だんだんとなれてくると、ステップアップしていきますので、その時は少し痛いかもしれませんが、頑張って下さいね」

「はい」

後で解ったことだが、ことごとく医師と療法士がもめて、何度も療法士の責任者がかわっているということだった。その元凶が、あの私をバカ扱いした医師だった。

辞めていった療法士の中には優秀な人もいて、別の病院で責任者として、その手腕を発揮しているとか。噂とはこわいものである。しばらく通っていると自然と耳に入ってくる。「人の口には戸は立てられない」とは、昔の人はよく言ったものだと思う。

ステップアップしていくと聞いていたのに、いつまで経っても、肩と腰に15分ほど、電気（マイクロ）をあてるだけで、4～5か月が過ぎた。疑問に思った私は尋ねてみた。

「このままずっと、肩と腰の電気だけなんですか？」

「メニューには、そのようにしか書いてありません」

「最初はやさしく、だんだんとステップアップしていくと、おっしゃっていたのですが……」

「私達は、医師の指示通りにするだけです」

そっけない返事が返ってきた。

「じゃあ、このままずっと同じなんですね？」

「そうです」

これまた、そっけない返事であった。

これじゃ、膝の痛みも、腰の捻挫も、むち打ちも、ちっとも良くなるはずがない。ここで言い合いしたってらちがあかないと思い、言うべき相手は医師だと悟り、それ以上は何も言わなかった。

次の診察の時、医師に、

「理学療法では、肩と腰の電気だけなんですけど、それだけでいいんでしょうか？」

医師は黙って私のカルテを見て、診察をした。しばらく沈黙が続いた。何か解らないが、いやな予感がした。

「どうして、電気だけなんかなぁ？」

首をかしげながら、医師はポツリと言った。いままでで一番（失礼だが）ましな医師に会ったような、変な言い方だが、そう思った。

その医師が言うには、症状としては改善の兆しはなく、むしろ、悪化している。事故の相手会社が、今一度診断書を要求していると言ったら、その医師は、別に嫌な顔をするでもなく、診断書を書いてくれた。

それは、【頚椎捻挫を原因とする慢性腰痛、さらに腰痛のために敏速に動作できないことを原因とする、度重なるギックリ腰（腰椎捻挫）、腰痛から二次的に発生した両下肢痛等の症状あり】と。

１９９４年中頃から、コルセットをずっと着用するようになり、寝ている時以外は外せない状態になった。ちょっとしたことでもギックリ腰を起こした。例えば、ソファに座って、パンティストッキングを履こうとして、前屈みになった時などだ。

こんなこともあった。我が家は、冬は石油ファンヒーターで暖をとっている。いつも朝、夫が灯油の量をチェックして、少なかったら必ず満タンにしていってくれる。だが、その日は忙しく、バタバタして出かけて行ったので、灯油が後少ししか残っていないことに気づかなかった。夫が出かけて10分くらい経っただろうか、灯油が失くなったことを知らせるランプがピーピーと鳴った。娘二人は学校。家には私と、愛犬ビーグルのムー一匹。仕方なく、柱に掴まり、あちこち手当たり次第、壁や家具にぶつかりながら給油のタンクを、玄関を出た所の、すぐ横に置いてある灯油の入ったポリタンクの所まで、タンクと共に私も転がるようにして持って行った。身体の不自由な私にとっては、それだけでもう精一杯でクタクタだった。しばらく休憩してから、たとえ少しでも灯油を入れようと、ポリタンクの蓋を開けようとして屈んだとたん、ギックリ腰を起して倒れてしまった。30分くらい起き上がれず、給油するどころか、あまりの寒さに我を忘れ、給油のことなど眼中になく、何のために自分はここにいるのかさえも忘れ、とにかく部屋に入ることだけしか考えられなかった。とにかく這って、とにかく部屋に入って、そして、初めて部屋が寒いことに気がついた。

『あーあ、灯油はなかったのだ』

涙が、わけもなく溢れてきた。情けないと言うよりは、給油すらできない自分に、この上なく腹立たしささえ覚えた。

身体が自由に動かないことは、今に始まったことではないが、これが本当に私なのかと、へコむことしかできなかった。医者に言われたこと、そして何より家族に心配をかけまいと、自分でできることは、できるだけ自分でと思えば思うほど、気持ちだけが先走り、いつも空回りばかり。素直に甘えればいいものを、幼い頃から、何でも自分でしないと気が済まない頑固な性格は、今も健在で、どっしり根を張っているようだ。

帰宅した二女が、寒い部屋の中で電気もつけず、ソファーで毛布にくるまっている私を見つけびっくりして、慌てて灯油を入れ、ファンヒーターのスイッチを押し、部屋を暖め、温かいミルクを飲ませてくれた。『アーァ、私って、まだ生きているんだ』と、思った。

また、ある時には、トイレに入って、さぁ下着を付けようと立ち上がったとたん、そのまま狭いトイレで、倒れたこと。頭を打ち、腰は曲がり、足はドアにぶつけ、身体中打撲で、みごとに青タンだらけ。これじゃぁ家族に隠しようがない。

「トイレに入るときは、特に気を付けて、必ずドアは開けておくように」と夫に言われていた。その通り。倒れた時、手を伸ばし、必死でドアを開けようとしても届かなかった。このままトイレに閉じ込められてしまうのではないだろうか、という恐怖におびえていた。愛犬ムーは、あまりの音の大きさに、母（別に、私が産んだわけではないが、姿形は犬だけど、私にとっては、家族の一員であり、かわいい三女である）のいるトイレに走ってきて、ドアをトントンと叩いた。そのムーの母を思う必死の励ましに、私は力を振り絞って、ドアのノブに手をかけ、戸を開けた。トイレから出られたのは、他でもないムーのお陰様々である。

誰よりも長く、私と寝食を共にし、片時も離れたことがなかった三女ムー。そして、年をとり、ヘロヘロになってもなお、生涯私の病気と付き合ってくれた三女ムー。いかに優しく、人の気持ちが理解できるか、その話はのちに述べたいと思う。

三女ムーの存在なくしては、私の人生は語れないから。

その後、例を上げたら切りがないほど、頻繁に起こるギックリ腰で、腰部・頸部の痛みがきつく両上下肢に痺れが出てきた。特に左目がかすみ、常に涙目になり、耳鳴りもし、毎日が辛かった。右下肢脹《ふく》ら脛《はぎ》の、こむら返りがこれまた頻繁に起こり、左肩が凝り、盛り上がった状態だ。

また、座っていて立ち上がったり、風呂から出た時に、必ずと言っていいくらい、立ち眩みが起こるようになった。夜は寝返りができず、横になって両足の間にクッションを挟んで何とか寝られる。こうした状態では、当然安眠はできず、目が覚めている時（昼間）でも、頭の中はボォーとして、思考回路はブチ切れ、いや、ブチブチに切れていた。

『一度でいいから、大の字になって寝てみたい』

正直なところ、これが当時の私のたったひとつの願いだ。

事故後まともな食事がとれなかった。いや、全く食欲がなくなっていたので、歯茎が痩せ、歯がぐらぐらになり、歯を抜かざるを得なくなり、その後も一本、二本と抜いて、現在義歯でないのは、上が一本、下が三本。歯科医は言った。

「一本悪くなると、隣の、またその隣も、次々と悪くなるんですよ。いまある歯も、時間の問題ですよ」

何と悲しい響きの言葉であろうか？

これが私の一年半後の身体の状態である。

もう一つ、どうして？　なぜ？　何が？　どこで？　疑問符だらけのことが、私の身体の中で、というよりは、心の中で、不可解な現象が起こっている。

何れ解明される時が来るので、今は、あえて触れないでおこうと思う。

惨めだ。こんなはずじゃなかった。どこでどう間違ったのか？　毎日、自問自答が続いた。しかし、何の意味もなかった。空しさだけが残るのみだった。

義歯でなんとか食事をしているものの、いつも消化不良で胃の具合が悪く、お腹を壊している状態だった。

四. 症状固定

こんな状態の中で、また新たな問題が追い打ちをかけた。

まだ完治していないのに、不当にも、１９９４年11月30日付けで【症状固定】とされてしまったのである。残念至極だ。

労働基準監督署（労基署）というところが、労働者、しかも怪我や病気で治療中の者に対して冷たく、相手の言葉に耳を貸さないところなのかということ（言い過ぎかも知れないが）、そして人間扱いしない理不尽な態度をとるところだということを、この時、イヤというほど思い知らされた。

労基署から出頭するようにとハガキが届いて、一人では行けないので付き添いの者と一緒に、不自由な身体でタクシーに乗って行ったところ、二人の担当官が、手ぐすね引くがごとく待っていた。決して大袈裟ではなく、そうとしか言いようのない上から目線の横柄な態度で、むろん、職業柄いちいち相手に同情していたのでは、仕事にならないのかもしれないが、同じ人間なんだからもう少し弱い人に、優しい言葉をかけてくれてもよさそうなものなのに……と、勝手な思いに浸っていたけど、そんな思いは一瞬にして打ち砕かれた。

二人の担当官に、とても今の状態では、まだまだ医師の診察と、リハビリが必要だと。身体の症状にリハビリの効果は少しずつではあるが、出てきていることを切々と、訴えたにもかかわらず、結論は最初から出ていたようだった。

『じゃ、こんな不自由な人間を、呼び出さなくてもいいじゃないか？』そんな皮肉《ひねく》れた考えさえ頭に浮かんできた。付き添いの者とタクシーで帰宅したけど、あまりのショックに一言も言葉を発することはなかった。付き添いの者も、私の気持ちを察してか、何も言わなかった。

二人して無言のまま、ただただ疲れが残っただけだった。勝手知ったる友人は、黙って服も脱がないでいる私の前に、温かいお茶を置いてくれた。一口飲んでホットしたのか、私はその彼女にしがみついて、何の恥じらいもなく、しゃくり上げて大声で泣いた。

彼女は私の身体を抱え背中をなでて、まるで幼子を慰めるように、

「泣きたい時は、泣きたい分だけ、泣けばいいのよ」

この時ほど、友人って有り難いと思ったことはなかった。いや、この時だけではなかった。

その後、いろんな人達に支えられ、助けられ、迷惑をかけ、そして、今の私があることを思えば、謙遜でもなく、かっこつけるでもなく、私は、ある意味、世界一果報者と言えるかも知れない。しかし、心からそう思えるには、まだまだ先のことである。

とにかく、先は長い。長ーい、長ーい。涙の途切れることのない毎日が続いた。

予想通り、労基署に出頭してから1か月後、無情にも【症状固定】の用紙が送られてきた。

「ああ、やっぱり……」

と、不思議に、冷静に封筒に書かれた自分の名前に、何とも言えぬ、愛おしささえ感じた。

人は強い者には立ち向かっても勝ち目がないと解ったとき、憤りを通り越して、諦めの境地に立つ。仕方がないとか、言っても無駄だとか。要するに権力の前では、一介の人間なんて何の力も持たないってことだ。でも、私は引き下がらなかった。諦め切れなかった。私って執念深い女なんだろうか？

駄目もとで、すぐに労基署に電話をかけた。

「こんな状態で、症状固定は早すぎる」と、再度訴えたところ、

「症状固定の用紙に医師のサインがなければ、あなたは一時金がもらえない。一時金は欲しくないのか？　もし、今の症状より悪くなったら、その時はまた、労災が受けられるから。医師にサインしてもらったほうが、得だよ!!」

半ば脅迫的だった。私は言い返す言葉を持っていなかった。

当時、私自身も不勉強であったこともあり、この時は解らなかった。つまり再び労災を受けるには、かなりの高いハードルがあり、まぁ不可能に近いものであったのである。何もかもが初めての経験である私には、相手の言葉を信じるしかなかった。

知らぬが仏とは、こういうことをいうのだろう。再労災が簡単に受けられるという言葉に、

何の疑いもなく信じてしまった。いや、悪い言い方をすれば、まんまと乗せられてしまったのだ。

無知であるということは、いかに損をするか、いや損だけで済めばよいが、心に深く傷を負う。損は、いつか取り戻せるかも知れない。しかし、傷つけられた心は、そう簡単には元には戻らない。そして、かなり長い間、私の頭から、心から【症状固定】の四文字が、ずしりと重くのしかかり、離れることはなかった。

郵送されてきた書類を持って、医師に理由を話したところ、担当医（以前私をバカ呼ばわりした医師ではなく）、

「労基署からは、私の方には何の連絡もなかった。まだ、リハビリや鍼灸などをすれば、少しでも良くなる可能性があり、時期尚早なのに、あなたが一時金をもらえなかったら困るから」

という理由で、その若い医師は、

「労基署の用紙にサインするのは、初めてだ」

と、実に頼りない様子だった。今さら言っても、もう遅いけれど、もし、もしもこの医師が、ある程度年配で、労災や症状固定のこともよくご存じだったら、おそらく、この時点でこのような症状固定の用紙にサインはされなかったろうと思う。

私も初めて、医師も初めて。労基署だけを責めても仕方のないことだが、あえて言わせてもらえば、言葉は悪いが、労基署の思うつぼであった。

その一か月後、労基署専属の医師の診査があるので、レントゲンフィルムと証明書を持って、

指定した場所に来るようにという指示があった。寒々とした待合室は、お世辞にも清潔とは言えないところだった。診察を待つ患者のように、そこにいる人達は皆、どこかしら身体の痛みや不自由さを訴えているような、辛そうな表情をした人達ばかりだった。

私の順番がきて、言われるがままについていくと、小さな診察室に通され、そこには年配の医師が一人いた。レントゲンフィルムを見ながら、

「仰向けになって下さい」

一人ではベッドに上がれないので、女性の担当官が無理矢理押し上げようとしたとたん、腰に激痛と目眩がおこり、私はうめき声をあげた。そんな私の様子を見て、その医師は首をかしげて、

「担当医は、これで症状固定と言ったのか？」と聞いた。

むろん、私は、「いいえ」と答えた。

傍の女性にも同じく、

「これで、症状固定なのか？」と尋ねたが、すかさず、

「そのことは、後で本人と話をします」と、意味不明なことを言って、私と医師の会話を遮るように、または、自分への医師の質問が、これ以上あっては困るというような態度をとった。

女性の担当官は、仰向けになれないで、かろうじて横向けになってうめき声をあげている私を、まるで、ベッドから引きずり下ろすという表現がピッタリ当てはまるような状態で、私を

抱きかかえた。とにかく一刻も早く、この場を去らなければならないという慌て方だった。医師も訳が分からず、あっけにとられた様子で、したことと言えば、レントゲンフィルムを眺めただけだった。なぜだろう？　私はもっと医師に訴えたいことが一杯あったのに……という不満だけが残った。

女性担当官に抱えられ、ふらつきながら診察室を出てきた私に向かって、待合室にいた数人が、女性担当官に、

「ひどいなぁ……無理矢理こんな所に連れてくるなんて!!」

「はよ、病院に連れて行ってやらんと……」

「そんな状態で、働けへんで!!」

と、口々に言った。女性担当官は、そんな言葉が飛び交う中、そ知らぬ顔をして、私の背中を、『早く、歩け!!』と言わんばかりに押し続けて外へ出た。

「後で、本人と話します」と言っておきながら、何の話もないので、

「あのう……」と言いかけた私の言葉をさえぎるかのように、

「後日、連絡するから!!」と、言ったまま、後は無言で、きびすを返しタクシーを呼びに行った。運転手に向かって、丁寧に「お願いします」と、一礼した。

部屋の中でのあの冷淡な態度と、外での運転手に対する態度の、あまりのギャップに、ただ、ただ呆れるばかりだった。

一緒について来てくれた友人は、外で待っていたので、待合室や診察室でのことは、一切知らなかった。だから、言えた一言だった。

「いい人ね」

無言でいる私を察したのか、彼女もまた無言になった。

後でわかったことだが、労災をもっと長く受けるために、完治しているにもかかわらず、重症であるかの如く、「痛い！痛い！」と、大袈裟に言ってごまかす人もたくさんいるとか。

しかし、そんな人達は別にして、本当に、痛くて、苦しくて、辛くて働けない人達を、十把一絡げにしないで、その人、その人の症状をきちんと把握して判断しろと言いたい。

それから約一か月後、労基署より『症状固定と決定し、不支給となったため、一時金を支払う』旨の連絡がきた。予想していた通りの結果だった。

これ以上、私一人では頑張れないと見て取った夫は、弁護士を頼み、労基署に不支給決定の異議申し立てをした。その後、弁護士と共に、再審査担当官の聞き取り調査を受けた。しかし、不支給決定は翻《ひるがえ》らなかった。またもや裏切られた。打ちのめされた。

しかし、これから先私が受けることになるショックは、こんなものではなかった。待ち受けている正体不明の敵は、あまりに大きく、あまりに重く、あまりに深く、あまりに強かった。

ただ今も説明のしようのない不思議な現象に苛まれている。他人に話しても、おそらくや理解してもらえないと思う。

ケナログ
桂枝加芍薬湯
60
60
ツムラ
四物湯
2.5g
71
71
ヒアレイン
サンコバ
エンシュア・リキッド
1kcal/mL
コーヒー味
250mL
ENSURE LIQUID

photo title :「イノチズナ」

本人ですら疑問だらけなのだから……。

しかし、その正体も、ずーっと先だが、長い歳月の後、明らかになったのだ。

実に長ーい、長ーい歳月を要した。

【症状固定】を認めさせるために、再審請求はあたかも簡単にできるように言って、相手を納得させる。今度も、後で解ったことだが、再審請求を許可してもらうには、相当な書類を医師に作成してもらわねばならないということだった。医師がたった一人の患者のために、そこまで労力を使うだろうか？　治療以外のことで……。仮に良心的な医師であったとして、患者に協力してくれたとしても、許可されるのはほんの一部で、よほどのことがない限り、つまり、かなりの悪化が認められた時のみであることが後で解った。それも、労基署サイドで決定される。

ダメモトで、弁護士と共に担当医に【症状固定】の撤回をしてもらうべく病院へ行った。しかし、担当医は別の病院へ転勤していた。ここまできて諦められ切れない私は、弁護士と共に、担当医の転勤先の病院へ行った。

「私も労災の書類は初めてで、本人の話を聞いて、もし一時金がもらえなかったら大変だと思って【症状固定】の書類にサインしたのです」

と言って、労基署に宛てた手紙を書いて下さった。

【まだ治療中で、リハビリ、あるいは、鍼灸、マッサージの治療を行えば、症状は回復の見

込みあり。本人の話では、労基署の半強制的なところがあり、私としては、症状固定は時期尚早である】

と、簡単ではあるが、そういう意味の文章だった。

しかし、医師のこの手紙にもかかわらず、一度決定したことは、前にも言ったとおり、容易に翻ることはなかった。

じゃ、いったい労基署とは何のためにあるのか？

前にも、少し触れたけれど……。

怪我や病気で働けなくなった人達が完治し、いや完治しないまでも、働けるようになるまでの生活の援助をするところではないのか？

弱者をまるで、役立たずな者を見るような横柄な態度は、上から目線そのものである。病気になりたくて、病気になる人はいないし、怪我をしたいと思って、事故に遭う人はいない。誰もが健常者でありたいと願うものである。

ところが人生の途中で、不慮の病気や事故で働けなくなった場合、その期間、人として最低生活をできるように援助するのが、国の機関、労基署ではないのか？

昨今、過労死、過労による自殺など、事は深刻になってきている。

残された遺族が、労災認定を受けるために、どれだけの時間と労力をかけるか、へたすると、自分の生涯をかけることになりかねないという状態だ。

企業も企業だ。過労死となると、会社のメンツに関わるとのセコイ理由で、非協力的で、人一人の生命より、会社が大事となる。

「それくらいの仕事で死ぬなんて、本人が弱いからだ」なんて、平然と言い放つ幹部もいる。どこかで、私も聞いた言葉だ……。

『弱肉強食』と言われる古い時代は終わったのか？　とんでもない。歴史は歴然と、繰り返しているではないか。企業もメンツばっかりにこだわらないで、人の生命の重さと尊さを、真摯に受け止め、遺族に全面協力してやって欲しいものだ。

このようなことが、これからもずっと、日常茶飯事に起こるとしたら、弱者は、いつまでたっても弱者である。

同じ生命を受け、この世に産まれて来たのに、これではあまりにも、むなしいではないか？

一時金が入金され、これで全て終わりかと思った矢先、担当医の異議の効力もあったのか、一年間だけ、鍼灸マッサージを月5回施術することを認めるという、労基署からの許可書が届いた。

幸い、通院していた病院には、鍼灸もあったので、外科の治療と共に鍼灸も併用しての通院が始まった。

一年は瞬く間に過ぎた。労災の期限は切れた。更に悪いことに、病院から鍼灸がなくなった。たまたまその施術師が開業していると聞いて、同じ施術師の方がいいだろうと思い、少し病院からは遠いけど、週に一回、病院と鍼灸院を、はしごする日が始まった。週に一回と言っても、その日は一日がかりだった。
そんな生活が数年続いた。

五．いろんな検査と地裁敗訴

私は小さい時から動くのが好きで、特に運動が大好きだった。陸上の短距離走、テニス、スキーを楽しんでいた。でも今は、一人で歩くこともできなくなってしまい、何かに掴まっていないと、一瞬でも立っていられない。

何と悔しいことか!!

二女が小学校高学年になったら、家族みんなでスキーに行こうと約束していたのに……事故に遭ったために、一人ではどこにも行けない。身体的な打撃である。

しかし、それだけではなさそうだ。

と言うのは、誰にも信じてもらえないだろうが（医者すら信じてくれなかったのだから）、不思議な現象が、事故後、たびたび起こっていた。

それが何なのか？　どうしてそうなるのか？　私には全く解らないけれど……他人が信じる、信じないは別として、ここに記述しておきたい。

事故で、踏み切り上に倒された時、警報機が鳴り、『もう、これで終わりだ!! 死ぬ!!』と思った恐怖感が、今も私の脳裏から消えない。

その時の警報機の音と、電車の音も、耳から離れない。そして、事故は黒いコードに引っかかって発生した。

倒れた私の身体を上を、今にも引き殺さんばかりのような電車の爆音。それはまさに自衛隊のジェット機が、何度も私の頭（我が家の屋根）の上を旋回するのに似ている。そして、作業員の「何、すんねん!!」と、「はよ、救急車、呼ばな!!」と言う、男の人の怒鳴り声。

つまり、事故に起因する全ての物、黒いコード、それに似た黒い紐。新聞であれ、雑誌であれ、広告であれ、それに掲載された電車や踏切の絵・写真・イラスト。警報機の音、それを連想させる金属音・消防自動車のサイレンの鐘の音・救急車。

そういう状況に出くわした時、まるで、金縛りにでもあったように、気を失い、不思議なことに、事故の現場に引き戻される。あの事故の恐怖が再現されるのだ。

つまり、事故そのものが一分の狂いもないくらい、私を引きずり込む。

『電車に引かれる!! 誰か、助けて!!』

気を失っている私が遭遇しているものは、まぎれもなく、事故の再現そのものである。

どれくらいの時間がたったろうか？

30分か1時間か？ 気を失っている私には、解るわけないが、２００メートルを全力疾走で走ったかのような、何とも言えない疲れと、辛さと、怖さに、苛まれた。

なぜ、こんなことが起こるのか？　どうしてなのか？

事故遭遇後、５年近くも経過しているというのに……。

この時点では、私の身体の中で、いったい何が起こっているのか、頭の中の思考回路がどうなってしまったのか、さっぱり、解らなかった。しかし、事故を誘発する物に出くわした時のみ起こるのは、確かだった。今の私には、それだけしか解らなかった。

いつものように、疑問符だけが、頭のなかを飛び交った。

他人にこんな話をしたら、いったい何人の人が信じるだろうか？

いや、誰も信じないと思う（医者も、しかり）。

決して、大袈裟でもなく、いい加減でもなく、仮病でもなく、ヒステリーの気があるでもなく、事実なのだ。私は真実を述べているのだ。

こんなに辛いことを、嘘をついて、いったい私に何の得があろうか？

証明できぬもどかしさと、幻覚と闘う日々が続いた。

食事が喉を通らなくなり、更に歯の具合が悪くなり、歯医者に行かなければならなくなった。

しかし、腰痛と頚椎捻挫のため、治療の椅子に座ることができず、特別座椅子を持ってきてもらって、治療を受けなければならなかった。歯科医院から言わせれば、それこそ、やっかいな患者である。この時点で、私は総入れ歯になった。

こうして、治療と裁判は、並行して行われていった。

病院を変えた。W整形外科だった。弁護士の薦めであった。腰のW先生と言われるほどの名医で、手術もし、入院患者も数名いた。名前を聞きつけた地方からの患者も多いとか……中年の優しい先生だった。私は、心の中で、〝こんな良い先生を知っているなら、もっと早く、紹介してくれたらよかったのに……〟と正直、その時思った。

自分の医院でできる限りの検査をしてくれた。

事故で左足と左手が失ったような錯覚に陥ったので、左足と左手の感覚が麻痺していた。もっといろんな検査が必要と思われたのだろう。他の病院を紹介して下さった。

最初は脳外科だったと思う。

脳の検査はとにかく大変だった。私の身体の状態を知らない技師は平気で、

「仰向けになって下さい」といった。

腰痛がひどい私は、仰向けになれなかった。

〝仕方がないなぁ〟と、言わんばかりに、苦い顔をして、若い二人の男女の技師は、

「じゃ、横向きで結構ですから、台の上に上がって下さい」と、手を差しのべるでもなく、平然と言い放った。必死に台に上ろうとする私に、

〝次の人が待っているのに、さっさとせんか!!〟と、いう顔をしながら、私のお尻を、無造作に台の上に押し上げた。

「痛ぁ!!」と、悲鳴を上げた私に、素知らぬ顔をして、「横になって!!」と、追い打ちをかけるように、冷たい視線と、大声が部屋中に響いた。

もちろん、さっさとできない私が悪いのかもしれないが、医療に携わる人に一言、言いたい。患者は、どこか悪いから検査するのだ。健常者でも、日頃健康でいるために、人間ドッグや定期検診を受け、予防や病気発見に努力しているのだ。

『健康管理は自己責任』と、まるで、病気や怪我をしたのは、あなたの健康管理が悪いからだと言わんばかりに、自分の健康体を、それとなく自慢する人がいる。

でも、考えて欲しい。世の中には、不可抗力ということがある。望まなくとも、病気や怪我をしてしまうことがある。

まぁ、そんな人に何を言っても、解らないだろう? 世の中には、いろんな人がいるからね。

脳の検査は異常なしだった。むろん、MRIも撮った。ここでも、仰向けでないとMRは正確には撮れないということだった。狭所恐怖症の私には、苦痛以外の何ものでもなかった。簡単に仰向けといっても、腰痛症の人なら解るだろうが、激痛がはしるものだ。

仕方がないので、うつ伏せになって、身体が動いては駄目だということで、身体にガムテープをグルグル巻きに貼りまくられた。確かに私は身動きがとれない状態になった。

検査しないと解らないのだろうが、できることなら御免被りたいと思った。

たかだか20~30分の検査にもかかわらず、私には1時間以上もの長~い苦痛の時間であった。

今は機器も良くなって、10分程度で済むとか……。

ＭＲＩも異常なし。

その後、精神科に回された。

診察室に入った途端、驚いたことに、白衣を着た研修医が、（いやインターンと言った方が適切かもしれないが……）15人近く、ズラーッと男女入り交じって、仰々しく椅子に座って、一列に並んでいた。

思わず、『私は、モルモットか？』と、心の中で叫び声をあげていた。そして、今も思い出すたびに不愉快になる。

「変わった患者が来るから、良い勉強になる」とでも言われたのだろうか？

患者一人に、30以上の好奇の目が、一斉に注がれた。

逃げて帰りたい思いに堪え、うながされるままに、杖を横に置いた。背もたれのない椅子は、まさに苦痛そのものだった。仕方がなく、杖を取り、右腋に挟んで上半身を支えた。その様子をじっと見ていたであろう30の目は、私を凝視しているだけで、背もたれのある椅子を用意するために、動こうとする者は誰一人いなかった。

精神的なダメージを受けている患者は、暗に心だけが病んでいるように思われがちだが、身体的な障害をも持っていることが、しばしばあるのだ。

ましてや、杖をついている患者を見て、いくら精神・神経科と言えども、身体障害者であることは一目瞭然。もう少し、気配りをしてくれてもよさそうだと思ったのは、私の甘えだろうか？　その割に、時間は初診にしては、15分くらいだったと思う。

そんな短時間で、全て事故を語り尽くし、日々の苦痛を訴えることは不可能である。

昔、誰かが言ったことがある。

『病院は、2時間待って、治療は5分』

実際に、受診するのに2時間待たされ、診察は、

「変わりないですか？」

「別にありません」

「じゃ、いつもの薬を出しておきますので、様子を見て下さい。何かあったら、また、2週間後に来て下さい」

「ありがとうございます」

「お大事に」

こんな会話が何度繰り返されたことだろう？

全ての医者が、そうであるとは言わないが……。

他の患者さんも、多かれ少なかれ、こんな調子じゃないだろうか？

大きな待合室は、いろんな病気をかかえた患者さんが来院している。怪我でかかったにもかかわらず、風邪の菌をもらって帰ることもある。病院へ行って、病気になった。風邪を引いた

という経験のある人も少なくないだろう。

手術や難病ならともかく、風邪くらいなら町の医院で十分である。待ち時間も少なく、結構丁寧に診てくれる場合もある。私も、子どもが小さい時は、よく近くの医院に連れて行ったものだ。

次の予約を取り、再来院した時には別の部屋に通された。

研修医のような白衣を着た女性が一人いた。

「ここに座って下さい」

また、背もたれのない椅子だったが、前にテーブルがあったので、それで身体を支えることができた。前の診察の時よりは、ましだった。女性も自分の椅子を持ってきて、私の側に座った。手には何やらカードのような物を持っていた。

「これから、私の質問に答えて下さい」

「はい」

そのカードのような物は、15㎝くらいの正方形の中に、黒い模様の絵が描いてあって、これが、何にみえるか?と、いうものである。何枚見せられても、気分が悪く、時々声が出なかったり、心の硬直を感じながら、何か答えないといけないような気になり、めくられる速度に負けないように、私は必死に、訳の分からない思いつきを答えていた。

そんな私の気持ちをおもんばかることなく、相手は淡々と絵をめくっていった。

20枚くらいの時、初めてカラフルな赤・青・ピンク・黄色のきれいな模様が出てきた。私には、家で飼っている熱帯魚の水槽が連想され、

「熱帯魚みたいに、綺麗ですね」と、答えた。

「そうですか?」彼女は、無表情に答えた。検査なので、それも仕方のないことか?これで、テストは終わりかと思いきや、まだ、頭の体操をさせたいらしい。

今度は、黒い線(黒なので、最初はびっくり、気分は悪くなるし、この検査は中座しようかと思ったが)やら、図形やら見せられて、鉛筆を渡された。黒い線は、確かに気分は良くないけれど、鉛筆の細い線は、何とか耐えられた。鉛筆を持ったまま、じっとしていると、「同じ絵を描いて下さい」と言われた。

20~30分くらい経過していただろうか? 私は、同じ姿勢では10分ともたないので、身体の位置を変え、背中をさすっている私を見て、気の毒に思ったんだろうか?

「ちょっと、休憩しましょうか?」と、言った。優しい言葉とは裏腹に、睨み付けるように、

「次の患者さんも、いますので……」

「はい」と返事はしたものの、不愉快だった。

5分ほど休憩した後、久しぶりに持った鉛筆は、心の重さも加わって、鉛の鉛筆のように重かった。それでも一刻も早くこの場を去りたい一心で、見せられるがままに、重い鉛筆を、右に左に上に下に、心も手も揺らしながら、必死で描いた。検査はまだ続いた。

「この絵の通り、今あなたの前に置かれた図に、足りない所を描き足して下さい」

「はい」

これって、何の意味があるんだろう？

やっぱり、私の脳がおかしいんだろうか？

それを調べているんだろうか？　そういう疑問を持ちながら、作業を続けていった。

もうこれで終わりかと思いきや、また、

「すこし、休みましょう！」

という言葉が、私の疲労を2倍にも3倍にもした。その後、三択形式の問題だった。

ずーっと昔のことなので、たくさんの設問があったことは覚えているが、『何で、こんなことするの？』という気持ちが勝っていたので、内容はあまり覚えていない。記憶をたどって思い出してみると、こんな設問があったように思う。

「あなたが乗った車を、追い越そうとした車を見た時、あなたは負けまいとして、スピードをあげますか？」

「道で倒れていた人を見たら、あなたは声を掛けますか？」

三択だから、答えは、「はい・いいえ・どちらでもない」だ。

または、「バスに乗ろうとして順番を待っている時、横入りしてくる人に対して、貴女は注意しますか？」

等々、設問は50くらいあったように記憶している。

やっと、終わった。

「ご苦労様でした」

ぐずぐずと帰る用意をしている私を見て、彼女は、〝さっさとしたら!!〟と言わんばかりに、露骨にいやな顔をして、さっさとドアの傍に行き、ドアを開けた。杖をつきながら、よろけるように歩いてくる私に、無言の催促をした。私がドアの外に出たとたん、バタンと、ドアが閉まる音が耳元で聞こえた。

ドアの向こうで、溜息でもついているのかも知れないと邪推するほど、私は、ひがんだ性格になっていた。なんで、こんな目に遭うんだろう？　私がいったいどんな悪いことをしたというのだろう？　何か、惨めだった。言いようのない惨めさだった。検査の一環だとは言え、私のプライドはズタズタに切り裂かれた。

タクシーに乗って帰宅した私を、玄関まで迎えに来ていた愛犬ムーを見るやいなや、首を抱きしめて、大声で、更に声を荒げて、しばらく泣き続けた。最近、泣くことの多くなった私に、そうも驚かなくなったムーも、この時ばかりは、私の異常な雰囲気を察知して、私のなすがままに、抱きしめられていた。

後で、この愛犬ムーが私の分身になっていること、二人の娘の母親であるが、ムーはもう一人の私の娘、つまり三女と言っても過言でない出来事が、多々起こる。

私の身体と心の両面の苦痛を一番良く知っているのは、このムーだけかも知れない。

物言えぬ動物との、動物を乗り越えた信頼感は、日々希薄になっていく人と人とのつながりに、ある警鐘を鳴らしているようにも思う。二人(?)の関係については、詳しく後述したいと思う。

私の身体の不自由さを見て取って、おそらく、ペーパーテストの女性にでも聞いたのだろう(長い時間テストに耐えられるような身体ではない。とても辛そうで、時間がかかり過ぎるとか……)。検査から1週間ほどして、病院から電話が入り、家にテスト用紙を送るので、でき上がり次第、返送して欲しいとのこと。

〝まだ、やるのかしら?〟

と思ったけど、検査だから仕方がないし、それに何より幸いだったのは、家では自由に、好きな場所で、好きな格好で、できるということだ。

2~3日後、分厚い封筒が送られて来た。

病院でしたのと同じ形式・選択問題だ。中にはだぶっていた問題もあった。

実に200くらいの設問があった。見ただけでやる気をなくした。

また、疑問が私の心を占めた。

〝何で、こんなことばっかりやるンやろ? ひょっとしたら、ホンマに私の頭がおかしいんとちゃうか?〟

photo title : 「L M S」

〝脳に異常がないというのも、本当なのか？　私の性格が、どこまでひん曲がっているのか、調べているのか？〟

どうしても、僻《ひが》み根性が顔を出す。

良い方に考えられない私は、この精神科の医師も、結局のところ、訝《いぶか》しそうな目で私を見、私の話を半信半疑で聞いていた、あの目とあの態度が、いつまでも私の脳裏から離れなかった。

〝あーあ、やっぱり私は、あの事故で、身体も心もバラバラになり、正常者でなくなったのだ〟

設問に答えて返送したのは、１か月も経ってからのことであった。

さっさと返送したかったんだけど、封を開けたものの、なかなか鉛筆が持てず、ぐずぐずしていたせいなんだけど……。

これで私が解るのか？　変人というレッテルを貼られるのかと思うと、設問に向かうことができず、日一日と後延ばしにしていたからだった。

１か月間、封筒を前にして、目は空をさまよい、焦りは心を苛み、身体の痛みは、私を正常に保つことを、頑《かたく》なに拒んだ。

結果は、私のところには送られてこなかった。当然だろう。私は患者なんだから……依頼された整形外科医のW医師のところに、検査結果は届いたそうだ。

その頃、事故の後遺症だと思うのだが、前にも言ったように、左足が引っ張られて、宙に浮き、その足を捜すべき左手が、左足に触れなかったため、私の左足・左手は『どこへ‼』という恐怖的感覚だけが、今も鮮明に残っている。

その後、左足・左手は、麻痺したように、感覚が全くなくなった。

そのことを精神科の医師に、W医師が尋ねたところ、

「大きなショックを受けた後は、自分の足や手がなくなってしまったと、思い込んでしまうことも、多々あることだ。まさに、この患者の場合もこれに当たる」と。

いろんな検査結果を集めて、やっと、事故から6年かかって、裁判所に提出すべく陳述書ができた。最初にかかった病院では、一貫して『椎間板ヘルニア』だった。しかし、W医師は『分離すべり症』と判断した。

「分離すべり症?」と、怪訝そうな顔をした私に、

「前の病院で言われなかったですか」

「初めて聞く病名です」

「う~ん」

W医師は、腕を組み、私以上に怪訝そうな顔をした。

地裁への陳述書が、無事作成されたのは、W医師の存在があってのことである。

その結果、陳述書にW医師の意見書を添えて、地裁が始まった。

弁護士同士のやり取りが数回あり、最後に私も裁判所に出廷した。

誰も好きな人はいないだろうが、裁判所なんて二度と来たくないと思った。

しかし、しかしだ。地裁での判決は、屈辱的なものであった。

この身体を見れば、誰もがまともに歩けないことなど、一目で解るものを……分離すべり症と事故との因果関係はないという理由で、私は、結局裁判に負けた。

裁判に負けた形になって、W医師の努力と親切は、生かされずに終わった。

そう長くない人生で、よもや、この私が裁判所の法廷に立とうとは、予想だにしなかった。テレビに写し出される法廷の映像は、よく見て知ってはいるが、自分には無関係だと思って見ていたので、別に何の感情も持っていなかった。

〝あ～あ、裁判とはこんな物なのか?〟くらいにしか……。

そんな私が、マジ、裁判所の門をくぐり、法廷の主人公になろうとは……。

六．「君の名は？」

『君の名は』…

昔、こんなタイトルのラジオの番組があったことを、母から聞いた記憶がある。

この番組の放送時間になるとお風呂屋さんが空になるとか……。

ラジオが普及し家でラジオにかじりついて連続ドラマを聴くようになったとか。

まさに今の私もこの心境だ。

私の心の中に入った悪魔はいったい何なのか？

誰なのか？

私に何をしろというのか？

私に何を期待しているのか？

いや何を恨んでいるのか？

私は何もしていない。

ここまで他人に恨まれることなど何もしていない。

そりゃ完全な人間じゃないから多少嘘もつく。
多少誤魔化しもする。
多少他人の期待を裏切ったこともある。
でも他人を陥れたり傷つけたり殺したりしたことはない。
新聞をにぎわすようなくらい世間を騒がせた悪事を働いたことはない。なのになぜ？
どうして？
こんな疑問符が　あの事故以来　私の口癖に　なった。
情けないことだ悲しいことだ。
怒りで胸は張り裂け手は震え足はがくがく……。
誰か答えを出して欲しい。
この疑問にすっきりするような答えを与えて欲しい。
今望むのはただ一つそれだけである。
答えの出ない不安や自責の念はともすると自殺に導く。
他人《ひと》は言う。
「たかが、これくらいのことで！」と。
でも本人にとっては抜け道のない道。
「そんなに、苦しかったら、死んだら？」

「それ、ただの、幻覚じゃないの?」

「貴女の言うことなどとうてい信じられない」

こんな言葉を耳にするたびに『自殺』の二文字が、不気味な笑みを浮かべて私を手招きする。時とすると、吸い込まれそうな、私がいる、私が……。

七．自殺願望

願わくば、何年の人生か解らないが、二人の娘に恵まれ、その子ども達が結婚し、孫が産まれ、そのかわいい孫に、たまに会い、平凡な人生を送れたらそれでいい。平凡が、何よりの幸せと、信じて疑わなかったのに……。

私の6年間は、大袈裟ではなく、命をかけたものだった。

以前にも、書いたように

「君は頭がおかしいんだ。精神的に弱いんだ」

この言葉が、私の頭から離れることは、一日とてなかった。

とにもかくにも、家にいて、夫と二人の娘に気づかれないよう、細心の注意を払う毎日であった。

自慢ではないけれど、私は、強い母だと信じていた。

夫は私学の教員で、朝早く出て、夜遅く、10時、11時はざらであった。

過言ではないけれど、二人の娘を育てたのは、私一人であるといってもいいだろう。

夫には十分に仕事をしてもらい、

「君と結婚したお陰で、人生2倍も3倍も、多く生きられたよ」

と、言ってもらえたら本望である。

だからこそ、私は彼との分業として、育児に専念し、大袈裟かもしれないが、命がけで二人の娘を育ててきた。そのための労苦は、少しも惜しまなかった。

日一日と成長していく子どもの姿を見つつ、育児を楽しみながら、子どもと共に成長していく私は、この上なく幸せだった。

長女が送迎バスのない私立の幼稚園に行きたいと言ったとき、二女は産まれてまだ3か月だった。

でも私は長女の願いを叶えるべく、朝5時に起き、夫と長女のお弁当を作り、朝食を済ませ、3か月のまだ首の据わっていない二女のミルクと、紙おむつの入った大きな黒いバッグを肩にかけ、1時間に1台しか来ないバスと、2本の電車を乗り継いで、3人で園に出かけた。いつも、晴れとは限らない。雨の日も雪の降る日もある。それが、冬ともなれば、大変だ。そんな時は、私のマフラーを長女に、コートを二女に着せた。

セーター姿の私を見て、長女はさすがに、

「お母さん、寒くないの？」

「大丈夫よ、赤ちゃんを抱いていると、意外と温かいのよ」

〝寒イボ〟の出ている首をなでながら、何の不安も与えないように答えた。

正直大変だった。大変だったけれど、楽しい母と娘の会話だった。

願わくば、あの頃に戻りたい。

何の不安も、何の不満もなく、毎日、毎日、娘達と一緒にいられる、私の一番幸せな時だった。そんな様子を見た私の姉は言った。

「長女のために、二女を犠牲にするのか?」と。

そんな叱責にも似た言葉を、背に刃物が刺さったような感を受けながらも、私は二女を二年間、園の図書室で育てた。

大きな声で泣くこともなく、ぐずることもなく、静かに二年間図書室で、あらゆる絵本を読み聞かせた。

保護者会の時も、生活発表会の時も、ミッションスクールの付属幼稚園だから、クリスマスのイベントである聖劇の時も、おもちゃ一つ持たせておけば、私の膝の上に、ちょこんと座って、おとなしくしていた。

「静かにね! 静かにね!」

と、言って育てた。その時は、

「とっても、お利口なお子さんね!!」と、その様子を見た他のお母さん達が、うらやましがった。

口から産まれてきたのではないかと思うほど、長女はお口が達者だった。姉のおしゃべりが止まった、そのほんの少しの合間に、妹が話す。そんな姉妹だった。両極端の姉妹だった。よく思ったものだ。ふたりをたして二で割ったら、ころかげんな子どもができたのに……と。

それこそ、昔々の話である。長女は幼い頃から納得がいかないと、決して承知しなかった。要するに、妥協のしない子だった。

ある日、公園の近くにミラーがあり、抱っこした長女と私が、公園に行くたびに、そのミラーに、二人の姿が映っているのを見て、私が「ほら！お母さんと一緒に映っているね？」と言っても、娘は、怪訝そうな顔をして、にこりともしなかった。

同じ会話が二度、三度、いや、五度くらい繰り返された。

でも、娘の反応は、いつも同じ。納得のいかない顔。

『なぜだろう？　彼女はいったい、何が言いたいんだろう？』

その時、初めて、私はミラーに映った物を、しっかり見た。

「わかった!!」

私と娘じゃなく、もう一つ映っていた物があったのだ。

私達のほんの少し離れた所にある、大きな木が、そのミラーに、映っていたのだ。

後にある木が、前にあるミラーに映っていることの、不思議を、私に再三訴えていたのだ。

でも、私は彼女の意図をくみ取ろうともせず、いい加減な返事を、ただ機械的にしていたのだった。

「あっ、この後の木が、この前のミラーに映っているね」

そう言った時、初めて娘は、納得したように、にっこり笑った。

母は一つ、大きな勉強を、しました。

それは、決して、教科書には載っていません。

子どもの訴えには、しっかり心して耳を傾けること。

母は一つ成長しました。

また、こんなこともありました。初めての幼稚園生活。子どもたちは不安だらけ。

ずーっと親と一緒にいたのに、急に親と離れて園生活。

先生も初めて、友達も初めて、全て、初めてづくし。

親との別れ際、あちこちから、

「おかあさん、帰ったらいや!!」

「ぼくも、わたしも、一緒に帰る!!」

と、わめいたり、泣き叫んだり……。

私は、これを、4月病と呼んでいる。

長女もしかり、と思いきや、他の子どもたちと、ちょっと変わっていた。

後で、先生に聞いたんだが、窓の外をじっと眺め、胸に両手を当てて、泣くでもなく、不安

そうな顔をしていた。何があったのかと、心配された先生が、

「どうしたの？」と尋ねると、

「お母さんは、赤ちゃんを抱いて、無事、家に帰れたかしら？心配だわ」

「大丈夫よ」

「だって、電車は混んでいるし、今日私の帽子が、見えない所に飛んでいったの。お母さんは、赤ちゃんを抱っこしてるし、片手で、必死で、私の帽子を取ってくれたの」

話を聞いて、先生は、涙ぐみそうになって、しばらく、言葉を失ったとか。

まだある。

園では、奈良公園に行き、釣り鐘を、角材で制作する行事がある。のこぎりや金槌、くぎを使って製作するのだ。釣り鐘はでき上がり、かなりの角材が、余ったところで、例の如く、娘の出番だ。

「先生、この角材で鹿をつくりましょう。いっぱい鹿がいたでしょう？」

「でも、足を立てるのは、たいへんよ」

「大丈夫、うちのお母さんが、図形の基本は三角形やと言うたはった。だから、三角形を作り、その上に鹿の足を載せれば、鹿はちゃんと立つよ」

しばし、先生は、絶句。

長いこと、園に勤めていて、鹿を作るのも初めてなら、図形の基本を園児に教えてもらうの

も初めて。

「じゃ、作ってみましょうか？」

「ヤッター!!　ヤッター!!」

あちこちから、歓声が上がった。

その歓声につられて、先生も本気に取り込んだ。園児も、釣り鐘の時より、嬉しそうに、トンカチ、トンカチしたとか。

鹿は、四つの三角形の台の上に、しっかり四本の足を載せ、すっと立った立派な鹿の姿だった。

保護者会の時、娘の組だけが、釣り鐘と鹿が自慢げに並んでいた。

他の組の保護者からは、僻みにも似た驚きの声が上がった。

保護者会が終わって、帰り支度をしていた私の傍に、つかつかと、担任の先生がやって来られて、鹿ができた経緯を話して下さった。

「お母さん、図形の基本は三角形だ、とおっしゃったんですか？」

「ええ、家で、工作をしているとき、そんな会話をしたことがありました」

「鹿ができたのは、彼女のお陰です」

「ただ、おしゃべりなだけです」

とは言ったものの、私の言ったことを、ちゃんと覚えていてくれたんだなぁ、と思うと、何だか、急に、娘が少し大人になったようで、嬉しかった。

これって、大いなる親バカですね……。

子どもの頃の娘達のエピソードを話したら、いっぱいありすぎて、尽きることはない。

それほど、私は、子どもが好きだ。無条件に、大好きだ。

親の愛は、【無償の愛】と言うけれど、私は娘を愛するがあまり、上手に、子離れができず、結局、三年間ほど、娘を苦しめることになる。

子どもが巣立とうとするとき、大人になろうとしていることを、嬉しく思いながらも、まだ、自分だけを頼って欲しいという、身勝手な願望と、離れていく娘を寂しく思う、何とも言えぬ複雑な気持ちが、娘には重たくて、ますます、離れていくことになる。頭では、ちゃんと解ってはいるのに、顔を合わせると、愚痴、愚痴、愚痴、愚痴、愚痴……。

私が次に体験記を書くとすれば、娘との葛藤も、書いてみたいと思う。体力があり、命があればの話だが。

子どもとの、幸せな日々、私の、ちょっと新しい、第2の人生ではなく、第1.5の人生も、この事故のせいで、生活は一変した。事故の恐怖感から、どうしても電車に乗れなくなった。買い物に行く時も、タクシーで、わざわざ遠回りして、踏切を避け、警報機の音が聞こえないように運転手に頼んだ。

自然と、行動範囲は狭められ、近くのスーパーに行くのが、精一杯だった。

それ以外は、ほとんど外出は避けた。

家にいて、一番困ったことは、黒いコードであった。どうしたらいいか？　当時（今は白やグレーといったものも、割と多く出回っているが）、電化製品といえば、ほとんどと言っていいくらいに、コードは黒だった。掃除機は、特に困った。コードを見ないで掃除はできない。さて、どうしたものか？　答えはない。方法も思いつかない。

でも、掃除はしなければならない。その度に、私は倒れた。

倒れた私はどうなっているのか？

一言でいえば、別の世界に行っている。理解不可能かもしれないが、事故現場に立っている。つまり、事故の再現である。

コードに引っかかり、左足をつり上げられ、線路の上に叩きつけられ、警報機が鳴り、遮断機が下り、電車がものすごい爆音をたてて、私をひき殺そうと迫って来る。

私は必死で、助けを求める。しかし、誰も助けに来ない。ずーっと、ずーっと、ただひたすら助けを求める。そんな世界に入り込んで、抜けようとしても、どうしても、抜け出せない。その間どれくらい倒れていたのか、私には解らない。30分か1時間か？

しかし、信じられないが、私にも理解できないが、時間が経つにつれて、まるで霧が晴れるように、すーっと、まさに、すりガラスが、透明のガラスのように、現実の世界に引き戻され、

〝あー、私は倒れたんだ〟

これで、私は正気に戻る。身体は汗びっしょり。一瞬で倒れたので、テーブルや椅子か何か

で打ったんだろう、打撲痕が身体のあちこちにできていた。

倒れ方が悪いときは、首や腰の捻挫も常だった。

身体の痛さもさることながら、倒れたショックのほうが大きかった。

なぜ、こんなことが、たびたび起こるのか?

この時点では、何にも解っていなかったからだ。

前にも話したことだが（繰り返しになるが……）、これだけの年数、6年経った時点でも、倒れる原因は同じだった。

相変わらず、自衛隊のジェット機は低空飛行で、爆音をたてて、私を狙い打ちし、殺さんばかりに、家の上空を旋回する。その度に私は倒れた。

パトカー・救急車のサイレン。これは、事故の時、「救急車を呼ばないと!!」という怒鳴り声が、事故当時聞いた、男の人の声だったからだ。

別に、救急車で運ばれたわけではないが、事故＝救急車と、私の脳は記憶した。

そして、警報機に似た金属をたたく音。そして、何よりやっかいなのは、黒いコードだ。

このことから考えても、倒れる原因は、今もなお事故に直結していることばかりだ。

素人の私にも、それくらいのことはわかった。

医者でもない私が、それが解ったからといって、打つ手などあるはずがない。

ドラえもんの『どこでもドア』を借りて、タイムスリップでもしない限り……。

生
350ml

photo title :「誘惑」

ただ、不思議なことに、日中倒れた日に限って、その夜、同じように事故の夢を見、同じように、汗びっしょりになって、恐怖で目覚める。

週に2~3回倒れて、悪夢を見た朝は、頭痛にさいなまれ、目眩もし、身体も怠《だる》かった。

夫は帰宅が遅いので、床につくやいなや、軽い（？）寝息。この私の苦しみは、幸いにして夫や娘には、6年間知られることはなかった。

いや、知られないように、どれだけ気をつかったか？

そのための私の神経は、いかばかりか？　ひとつ屋根の下で暮らしていながら……できるだけ、家族に心配をかけまいと、家族の前では、いつもお茶目な母と妻を演じた。しかし、私にも限界があった。

みんなが、寝静まった後、いつも、私は冷蔵庫の前にいた。ビールの缶を持ち、音を立てないように座っていた。最初は1本、2本、だんだんエスカレートし、3本、4本となったとき、もう、アルコールなしでは、寝られなくなっていた。

朝、濃いコーヒーを飲んで、アルコールの臭いを消し、家族が出かけた後、また、ビールの缶を開けていた。飲まないではいられなかった。

家計は全て私が管理していたので、その上、家のことは、全て任されていたので、私がこんな状態になっているなんて、夫も娘も知る由もなかった。

「お前の頭がおかしいんだ！お前の意志が弱いんだ！」

この言葉だけが、ぼーっとなった私の頭の中を、ぐるぐるぐると駆け回った。

飲んで、酔っぱらったら、少しは楽になると思ったが、意外や意外、私はアルコールに強かった。酔って、少しはこの苦しみから逃れられたらまだしも、罪悪感も増幅した。

こうなると、今私は何をしているのか、解らなくなった。

「確かに、死の恐怖を感じたけれど、死ななかったんだから、良いじゃないか!!」

「この世の中には、もっと、不幸を背負って生きている人が、いるではないか!!」

でも、こんな前向きな考えは、当時の私からは、決して生まれなかった。

毎夜、毎夜、アルコール漬けになっていった。

不幸中の幸いとでも言おうか、身体の不自由もあり、手が痺れたりしても、事故のせいにして、誰にも疑われずにすんだ。

相変わらず、事故を思い起こさせる音や物のことを、誰にも言えず、何事もなかったように、苦しいのに嘘をついて生きていくことに、身も心も、ボロボロになっていった。

アルコールは一時的なもの。

アルコール依存症になったとしても、酔いが覚めれば、また、恐怖・不安に駆られる。

そして、それを忘れるために、また、アルコール。

毎日が、その繰り返しである。

この辛さから脱却できるのは、ただ一つ、【死】。

これ以外に方法はない。【死】が、私に取り付いた。

夫や子どもを残して、先立つことは本意ではない。しかし、それ以上に苦しかった。

別れは一時の悲しみ。時が経てば、その悲しみも、だんだん薄れて、自分達の人生を歩き、幸せになってくれるだろう。

母として、妻として、ここまで壊れてしまったこの私と、一緒に暮らすよりも……願わくば、どんな娘に育つか、見たかった。

どんな素敵なレディーになるか、見てみたかった。

全身全霊を込めて、いつも、どんな時も、一生懸命育てた娘の将来を、見たかった。

長女は、それなりに意志の強さを持っているので、マイペースで生きて行くだろう。

だが、二女については、甘えん坊で、少しでも母の顔が見えなかったら、いつも泣いていた。とても優しいが、頼りないところが、いつも気になっていた。

二女は大丈夫かしら？　母がいなくても、しっかり前を向いて歩いていってくれるかしら？　前にもちらっと述べたように、後になって別の心配で、私は、3年近くも、毎日泣いて暮らすことになる。

アルコール依存症一歩手前ではあったけれど、やはり、【死】への恐怖には勝てなかった。

そのまま依存症は続いたが、苦しみも同じように続いた。続いたと言うよりは、加速していった。

確かにアルコールで頭がボォーッとなっている間は、この苦しみから逃れられる。

短絡的かも知れないが、アルコール依存症になる人の気持ちが、この時ばかりは、理解できるような気がした。そして、アルコールから覚めた時の虚無感も同じように……。

夜、眠れないというので、睡眠薬を出してもらっていた。それを、少しずつ貯めていった。20錠ほど貯まった時、その眠剤を手のひらに載せて、何度口に運ぼうとしたことか？

しかし、しかしだ。娘二人の顔を見ると、手のひらの眠剤は、元の袋に入れられ、また、数日経ったら、手のひらに載っていた。

〝これを今飲めば、私は楽になる。全てを忘れられる。もう、誰にも迷惑をかけなくていい。長く細く生きるのも人生なら、短く太く生きるのも人生。今の幸せな状態のままで、自ら命を絶ったほうが、いろんな意味で、一番いいのかも知れない〟

どんどんそんな考えが増大し、私の脳裏を、行きつ戻りつするスピードが速くなった。

〝母は強し〟という言葉が、時とすると顔を出し、その言葉に一瞬我に返ることもあるが、あまりの辛さに、あまりの憤りに、あまりの不安に、あまりの失望に、時とすると、負けそうになる。

医者に言われた、「頭がおかしいんや！　心が弱いから、被害者意識が強いから、悪夢をみるんや！　頭を切り換えなアカン!!」

鼻であしらい、せせら笑ってバカにした言葉が、どうしても、私の頭から離れない。

自分一人では、到底、この大きな威圧的な言葉から逃れることはできなかった。

【死】への行きつ戻りつは、何年続いただろう？

でも結局、私は、【死】への願望と、【死】へのためらいとの間で、【死】を実行できずに、ただ、苦しみ続ける毎日を送ったのだった。

ここでも、また、自分の決断のなさに、やるせない思いと、憤りを覚えるのだった。

でも、これで、【死】を諦めたわけではなかった。

葛藤・葛藤、また、葛藤……ずーっと続く葛藤・葛藤・葛藤……でも、結局、私は死なななかった。いや、死ねなかった。だから、今もこうして生きている。それで良かったのだ。

【死】の一歩手前で、劇的な、予想だにしなかった劇的な出会いに、私は命を救われたのだった。

八・【PTSD】と判明

未だ完治せず。

このまま、訳の分からない状態のまま、死んでいくんだろうか？

焦りと憤り、筆舌に尽くしがたい、得体の知れない不安が、敵が、どんな物なのか？

なぜ、こうも度々倒れ、悪夢にうなされるのか？

その理由さえ分からず、当時は精神的に追い込まれ、全くと言っていいくらい、正常心を失っていた。火山で言えば、爆発寸前といった状態であった。

意見書を書いて下さった、整形外科医のW先生による「事故による脊髄分離すべり症だが、左上下肢麻痺は、精神的なものからきている可能性がある」という助言で、弁護士の紹介を受け、精神・神経科の門を叩くことになった。

助言を聞いて、即、紹介してもらえるものと思っていたのに、結局、3か月経って、これぞ、命の恩人と言っても過言ではない、T先生にあったのは、事故から何と8年も経った、2001年9月7日だった。

この日を、私は、生涯忘れることはないだろう。

「君の頭がおかしいんだ。意志が弱いからだ。いつまでも、被害者意識を持っているから悪夢を見るんだ」と言って、鼻先で笑った医師の、『自分が悪いんだ』という呪縛から解き放された瞬間だった。

この不安等々は、私のせいではなく、意志が弱いのでもなく、私の頭がおかしいのでもなく、これは、【PTSD】(心的外傷後ストレス障害)であることが解った。

ここに、T先生の診断書を記載したい。

診　断　書

(病名) PTSD (心的外傷後ストレス障害)

2001年9月7日より、本院通院、加療中である。

9月7日　90分

10月1日　60分

10月15日　60分の診察をおこない、上記と診断した。

原因となった災害は、1993年5月4日の踏切内事故であり、その時の恐怖体験によって上記障害が発生したことは確実である。

なお今後も、引き続き長期の精神科治療を要する。

上記の通り診断いたします。

ひとくちで8年というけれど、長かった。

この診断書を手にしたとき、手は震え、何度も、何度も、読み返した。

嘘じゃない、嘘じゃない、嘘じゃない…………、

涙で字が見えなくなるまで、見つめていた。

誰も教えてくれなかった、真実を、ここに手に入れた喜びは、どんな言葉を並べても、原稿用紙100枚でも、1000枚でも、足りないだろう。

一生で一度、喜びの熱い涙を流したのは、最初で最後だろう。

倒れる原因が分かり、悪夢の正体が分かり、私を悩ませていた、全ての疑問がまるで、しかも、虹色の7色の色を付けて、解けていった。

診断書にある通り、3回の診察を受けたけれど、私は、ただ、泣いてばかりいた。

おそらく、T先生は、私の話が、涙声で、何を言ってるのか、きっと聞き取りにくかっただろう。前にかかった精神科の治療と違って、じっと長く座っていられない私のために、ソファーを置いて下さって、そこに横になり、むろん、先生は椅子に座って、涙が止まるまで、じっと待って下さった。時にはすすり泣き、時には、怒りで震え声になった。

それでも、辛抱強く、私が、事故のあらましを話すのを「うん、うん」と、優しい眼差しで、聞いて下さった。

ひどい仕打ちばかり受けてきた私にとって、正直いって、こんな先生がいるのが、かえって不思議だった。

長い長い道のりだった。矢印もなく、出口もなく、8年間のあの苦しみは、いったいなんだっ

たのか？

とにかく、衝撃的な出会いだった。私は診断書の入った封筒を、夫の車の後部座席で、しっかり、胸に抱きしめ、止めどなく流れる涙を、拭くでもなく、流れるままに、横になっていた。２００１年９月７日まで、よく生きていたものだ。この日が、もう少し遅かったら、間違いなく、この世から私の姿はなかっただろう。

Ｔ先生は、何度でも言う、私にとって【命の恩人】。

８年という長い歳月の苦しみを、一瞬にして、払拭してくれた。

これを、【命の恩人】と言わずして、何と言おう。

気球に乗って、世界一周しているような、とてつもない幸せだった。

未熟な私には、これ以上の喜びの表現がないのが、悔しい。

私は、病気だったのだ。

有難う。有難う。よく、こんな私を生かして下さって!!!!!!

ひとくちで、８年と言うけれど、長かった。私には30年にも40年にも思われた。

この日から、徐々に私は、自分を取り戻して言った。

自分のせいだと思って、封印していた時間が長かった分だけ、治るのも時間がかかり、生きている間に完治するかどうか、未定である。

敵もさるもの、なかなかの強敵である。Ｔ先生以外の医師が、見破れなかったのも、致し方ないことなのかも……。

しかし、しかしだ。大学の付属病院の助教授とあろうものが、あれだけのテストをしておきながら、最後まで、【ＰＴＳＤ】の病名が出なかったのには、正直、驚いた。

〝何を、勉強しているんだろう？〟と、言いたくもなる。

これから先、私は人生の半分を、病魔と闘う日々が続くようになる。

わずかな、かすかな願いを、ただひたすら、ただひたすら、完治することを信じながら……。

倒れた時に起こる症状のことを、【ＰＴＳＤ】による、フラッシュバック（ＦＢ）と言う。正体不明の敵の姿である。

ここに、倒れた人がいるとしよう。その人は、身体を硬直させ、それも、石のように硬く、そして、声にならない声で、ただ、ただ、うめいていて、耳元で声を掛けても、顔を触っても、全く反応しない。

私だって、そんな人を見たら、どうしたらいいかわからず、見て見ぬふりをするかもしれない。

『どうしたんやろ？』

他人から見れば、その程度のことであろう。

それが、フラッシュバックであることなど、誰も気付かない。

医師と言えども、その世界から、私自身が、自力で抜け出さない限り、何の手段もない。前にも言った通り、正気に戻ったとき、いったい私に何が起こったのか、全く記憶がない。後は、ただ自然に、肉体的と精神的な回復を、待つのみである。

【ＰＴＳＤ】という病気だと解ったけれど、しかし、今度は、その【ＰＴＳＤ】と闘うこと、いや、それを受け入れることが、私の大きな課題になった。一歩、いや、百歩前進したとはいえ、フラッシュバックとの闘いも、そう生やさしいものではなかった。

でも、生きていたことの、いや、命を助けられたことの方が、その何百倍、何千倍も嬉しかった。でも、まだ、『闘ってやるぞ!!』とまでは、いかなかった。

Ｔ先生の提案で、家庭での妻として、また、母として、家族はどのように思っているのか？感じたことを、書いて欲しいと、おっしゃった。

そこで、ここに、夫とふたりの娘の、私へのちょっとした作文を載せることにする。

夫から見た、妻の8年間の経過（２００2年2月28日）

妻は、若いときから負けず嫌いの、勝ち気な性格です。５人姉妹と弟一人の四女として産まれ、少女時代から、姉妹一《いち》、多感だったようです。

正義感が人一倍強く、姉がいじめられると、仕返しにいくようなこともあったといいます。

しかし、そのような性格は、生来のものと言うより、そうならざるをえない家庭環境があったということを、本人も自覚しています。

そのような一種の愛情飢餓感からくる寂しさを、自分の子どもには味わわせたくないという思いが、2児の親となってからも、妻の精神的な支柱となっているように感じています。そのためか、事故直後の3年間くらいは、腰痛を訴えながらも、家事で手抜きをすることもなく、事故に関わる諸々の手続きや、買い物も、全て自分でこなしていました。

当時、私が生徒部長の要職にあり、なおかつ、京都の私立高校生の自主活動の面倒を見ていましたので、帰宅が深夜に及ぶことも多く、私が、手助けできたのは、休日の買い出しや、洗濯、重い物を移動することや、庭など、外回りの仕事など、ごく限られたもので、「家は母子家庭なんで」と知人などにも、愚痴をこぼすことが多くありました。

その後も、整形外科の治療が続きましたが、目立った回復は認められず、主治医からも手術は難しいといわれ、筋力を付けるために、スイミングスクールに入会し、水中歩行をしたり、鍼灸医の治療を受けることになりました。

しかし、症状の改善は、ほとんど認められず、天候のよくない日などには、特に強い腰痛を訴えるようになっていました。

4～5年前のことだったと思います。腰痛だけではなく肩・肘・膝等にも、痛みやしびれを訴え出し、精神的にも苛立ちを強めていったように思います。

一時、私から見ても、十分な治療が行われていないように感じるところもあり、M病院での診察も受けてはどうかと勧めたり、知り合いに相談を持ちかけたりしたこともあるのですが、裁判との関係もあり、妻の転院の決心はつきませんでした。

さらに、悪いことに私の父が癌で死去・私の祖母が老衰で死去・妻の義理の兄が急死するなど、不幸が続き、その都度強いストレスを受けるようになり、苦痛が閉じ込められていくことになりました。

しかし、私は相変わらず多忙な日々を送り、夫婦の会話もとげとげしたものになることが、しばしばありました。

確かな事例は思い出せませんが、会話の中で、私が、

「それは違うやろ」

と、言うような否定的な言い方をすると、決まって自分の言い分を譲ろうとはしない傾向が、年々強まっていました。

気分転換に、食事や旅行に誘っても、拒否する傾向もありました。

介助の仕事も結構難しく、先の家事に加えて、十分ではなくても可能な限り、食器洗いや掃除など手伝おうとするのですが、それもストレートに受け入れにくい素振りをみせることもありました。

私の多忙な生活へのあきらめなのか、相談もなく無理をして行動し、後で聞いて、驚くことがしばしばありました。

さらに5年ほど前から、手足のしびれも一層ひどくなり、物が見えにくい、頭が重い、など

の症状が出始め、食器洗いの際に、つかみそこねて食器を割ることが多くなりました。この頃だったと思いますが、古くなった掃除機のコードにグリーン・ブルー・オレンジのビニールテープが、たくさん貼られているのに気づき、

「何でなん？」

って聞いたことがあるのですが、

「長さがよくわかるから」

などと言って、明確な答えはありませんでした。後で聞いてわかったのですが、コードが、事故当時のロープに見えるから、カムフラージュしていることを知りショックを受けました。

しかし、その後長女の大学受験や、二女の高校受験の時期を迎え、この頃から、歩行も困難をきたすようになってきたように思います。その頃、裁判の意見書を作成していただく都合で、整形外科のW先生を紹介していただき、診察に付き添った時などには、抱きかかえるようにして、診察室に入らなければならない状態になっていました。

しかし、しっかりした診断もしていただき、脊椎分離すべり症は、手術で治るといっていただいたおかげで、精神的には少し楽になったようでした。

しかし、この頃には、弁護士さんとの諸手続きのテンポが緩慢だという不満もかなり強く、苛立ちを強めている様子でした。

その後、W先生の診断によって、精神科にかかるようになったわけです。

Ｔ先生との出会いは、まさしく九死に一生を得た感があります。

手足のしびれ等の身体的症状は、以前よりさらにひどくなっていましたが、先生の治療を受け始めてからは、大きな変化が現れ始めています。

これまでも書いたように、妻の勝ち気な性格と、私の介助の物理的困難があいまって、介助を遠慮したり忌避したり、気持ちを封じ込めていたりすることが多々あったのですが、見事に、その傾向は軽減し始めています。

助けて欲しいときは、素直にそのことが表現でき、気持ちの変化も、素直に語れるようになってきています。

例えば、愛犬がフライパンの残り汁をなめているとき、フライパンのカランカランという音を聞いて、踏切の信号機の音がフラッシュバックし、その場に倒れ込んだ時などにも、抱き起こすと、何があったのかを、素直に話せるようになりました。

反応の受け手側からすると、妻がとても、優しい人間になったようにも見えます。

物事を決めつけず、柔軟に考えられるようになったというのが、妥当な表現かもしれません。

その分、身体的には、衰弱ぶりがストレートに見えるようになったせいか、以前よりひどくなっているようにも感じるのですが、ＰＴＳＤの治療の効果が出てくれれば、食生活も改善され、徐々に、体力をつけられるものと思っています。

長女から見た、母（1993年5月24日）

あんなに元気に３人で出かけた母が踏切事故に遭ったのは、思いもかけないことでした。ちょうど、私が小学６年生で、妹が小学２年生になったばかりのことで、いつもの通り、学校から二つ離れた駅を降りて、母の勤める会社に行き、母の帰りを待っていました。

いつもそうして母の帰りを会社で待ち、時々は３人で、帰宅途中に買い物などをして、家に帰るのが日課でした。

その時、突然母が、

「事故に遭ったので、妹と二人で家に帰って来るように」と、電話が入りました。

私はびっくりしてカバンを持ち、妹の手を引いて電車に乗り、家に帰りました。

カギを開けて、家に入った私の目に飛び込んできたのは、足に包帯、そして、腰をさすって、肘にも血が出ている母の姿でした。

「お母さん、どうしたん？」

と、私は思わず大きな声をあげて聞きました。

「ちょっと仕事の途中に、踏切のところで、作業員の不注意で転んでしまったんよ。そんなに心配せんでええよ」

私は、その言葉を単純にも信用してしまいました。

でも翌朝、夕べ熱が出たり、もどしたり、胸がむかついたりしたとのことで、父は、仕事を

photo title :「消えた黒」

休んで、母を病院に連れて行きました。

病院での診断は、むち打ちだということで、首、腰を強く打ったとのこと。

もちろん、その日から母は、会社を休職ということになりました。

しかし、実のところ、誰も知らなかった（医師さえも、気づいていなかった）、【ＰＴＳＤ】という病気にかかっていたのです。

とにかく母は、仕事も家事も、どちらも精一杯する頑張り屋さんでした。

朝５時に起き、（私達の小学校には、給食がなかったので）父、私、妹、母と４個のお弁当を作り、私達を時間になったら起こし、その時にはもう既に、朝食もでき上がっていました。７時には、父が私達２人を駅まで車で送ってくれていました。

後は、同じ小学校の子ども達が集まって、登校班で電車に乗って学校に行きました。

あんなに元気で、テキパキと行動していた母が、足に包帯をして、背中をさすり、身体を傾けて台所に立っているのを見て、何か、他人を見るような思いがしました。

やっと、幼稚園の送り迎えから手が離れて、母も自分の時間を持ち、さぁこれからという時に、こんな目に遭うなんて、正直私は、神を恨みました。

特に私立小学校の場合、参観日は、保護者が出席するのが当たり前であり、他に用事がない限り欠席しません。

だから母は、足や腰が痛いのを我慢して、家からタクシーに乗り、他人の手を借りて教室までたどりつき、教室では、特別に椅子を借りてでも、私達の参観日に出席してくれました。もちろん帰りもタクシーを呼んでもらい、家まで帰るというのが、妹が小学校を卒業するまで続きました。

でも、やはり無理をしているのは、一目瞭然。

次の日は、足をさすり、引きずるように歩き、相当腰が痛いようで眉間にシワを寄せ、それでも笑顔だけは絶やさず、「おはよう」「お帰りなさい」と、言ってくれました。

運動会の時のことでした。電車、バスに乗れない母は、いつものように、父の車で校門のところまで行き、みんなが喧嘩腰に席取りをする一方、車の中で待ち、落ち着いたところで父に抱えられ、テントのある特別のお年寄りや、身体障害者の席に座って観覧しました。

なぜこんなにもして、運動会に来てくれたのかというと、お昼のお弁当は親と一緒に食べることになっていました。だから、無理をしてお弁当を作って持って来てくれて、一緒に食べてくれました。

他の友達の家族は、あちこちで楽しく話ながら食べているのを見て、羨ましく思ったこともありましたが、母の手づくりのいつもとはちょっと違った、手の込んだお弁当を食べるのは、やはり嬉しかったです。

「最後まで見たいけど、お母さん、こんな身体だから、もう帰るね。ゴメンネ」

と言って、お昼の演技を二つくらい見た母は、父の車で帰って行きました。

毎日、何とも痛々しい姿でした。左足の傷の上からは、直接湿布を貼ることができないので、ガーゼを当ててやり、その上に冷たい湿布を貼ってやったことを覚えています。

その後、腰痛、首痛、右肩の痛み、頭痛は、毎日のように続いたと言っていました。

あの我慢強い母なのに、これほどまで口にすると言うことは、やはり相当痛かったのだと思います。

事故後、そんなに経っていない日だったと思いますが、小学校の時、私は母の隣で寝ていました。母をはさんでその反対側に妹が寝ていた時のことです。

妹は小学校二年生だったので、おそらく記憶はないと思いますが、私が夜中にトイレに行った時、母が、「うーん、うーん」と寝言で苦しそうになっていて、

「あっ、こわい！　助けて〜〜!!」

と、叫んでいました。私はびっくりして、

「お母さん、どうしたん!?」

と、ゆり起こしました。すると母は、

「あぁ、こわい夢を見たんよ。もう大丈夫やから、安心して寝なさいね」

と、言っていましたが、母の身体は、汗びっしょりで、子ども心に、相当こわい夢を見たんだなぁと思いました。

そんなことが何度もあったので、母に聞いたことがあります。

「あんなに汗びっしょりになるなんて、どんなこわい夢をみたの？」と。

「わけのわからないこわい人に追いかけられて、一生懸命逃げるんだけど、つかまりそうになるんよ」

と、母は答えました。

今思えば、私に心配させまいとする精一杯の嘘だったのです。

あれが、フラッシュバックだったとは夢にも思わなかったし、母自身もT先生の診察を受けるまでは知らなかったことでした。

一度、フラッシュバックが起こった時、あんまり何度も繰り返すので、通院している病院の医師に相談したところ、

「それは、あなたの頭がおかしいからだ。いつまでも被害者意識をもっているからだ」と、一笑に付されたと、少し前に母は教えてくれました。

その時、もし、その医師が母の言葉を正直に受け止めて、精神科にでも紹介して下さっていたら、この8年間、母はこんなにも苦しむことはなかったのにと、悔しく思っています。

2001年9月にT先生の診察を受けるまでは、自分の問題だから家族に心配かけてはいけないという思いがあったのでしょう。

事故後、おかしなことが二つありました。

一つは、黒いひも状のものを見た時の、あの驚きと不安の何とも言えない様子。

例えば、家の掃除機は黒で、コードも黒い色です。

そのコードが事故当時、足に引っかかったコードに見えて、かなしばりにあって掃除ができず、考えた末、そのコードに、ピンク・青・黄・赤・緑など、ありとあらゆるテープを小さく切って貼り、黒いコードからのがれようとしたそうです。

二つめは、父の車に乗っている時、踏切に近づいた時、今まで楽しく会話していたのに、急に口をつむぎ、真っ青になったり、いやに、警報機に反応したり、こわがったりすることが、当時の私には理解できませんでした。

それが【ＰＴＳＤ】だと診断を受けて、ようやく私自身も当時のことを思い出し、理解できるようになりました。

また、父の仕事は高校教員ですが、母ほど父の一番の理解者はないと思っています。

何時に父が帰宅しても文句一つ言わず、父なりの教育理念を大いに理解し、逆に、私達が「お父さん、いつも帰りが遅いし、日曜日も学校に出かけるし、夏休みも、春休みも、冬休みも忙しいし、○○ちゃんの家なんかハワイに行かはったり、○○君のとこなんかグァムに行ったたって言うてはったし、うちなんか年に一回、それも、春休みに一泊の家族旅行に行けるか、行けへんかやし……」と、文句を言うと、母は決まって、

「お父さんは、生徒さんの面倒をみなあかんやろ？

機械を相手にしてるんとちがうし、何が起こるかわからんから、お父さんは忙しいんやよ。

いろいろと、教師として、立派な教師になるために勉強もせなあかんし。理解したげてな」と、いつも決まって、そういった答えが返ってきました。

しかし、そんなに理解を示していたのに、不思議なことに、事故後少ししてから父を責めるようになったのです。例えば、

「たまには早く帰って来て、一緒に夕食でもすればいいのに……」とか、

「家族を放っておいて、子どもを妻に押しつけて、仕事、仕事って、それなら独身でいればいいのに……結婚した意味がない」

などと、とにかくイライラした様子で、父を責めまくりました。

ちょっとした口論で、何日も口をきかないことがありました。

それは私が中学に入学した時から始まり、高校に入った時からは特にひどく、離婚を口にするようになりました。

責めているかと思うと、ふっと淋しい顔をして、逆に父をかばうようなことを言ったり、そうかと思うとまた、責め始めたり、ということがよくありました。

父を責め、父と口をきかない時でも、母は毎日、父のお弁当は作りました。

もちろん、朝食も夕食も、父の分はきちんと数のうちに入っていましたし、父が遅く帰宅しても、夕食はきちんと出てきました。

私は、確かに父が母に責められても仕方ない部分を持っていたと思いますし、母の言い分も

もっともだと思います。

でも、母はなんだかんだ言いながら、完全に父を無視することは一度もなかったと思います。要するに、母は情緒不安定だったのだと思います。そして、やはり、母は父の一番の理解者であったのだろうと思います。

台所に立って、コップを持って、ボォーっとしている母を何度見たことでしょう。

そのようなことを考えてもやはり、あの時母は情緒不安定だったのです。

その後も、フラッシュバックは断片的に起こっていました。中学生になって、自分の部屋でよく過ごすようになったのですが、夜遅くまで勉強していると、向かい側の母の寝室から、またうなり声のような、叫び声のような声が聞こえてきました。

その度、私は母の寝室に行き、母をゆり起こしました。何度聞いても、やはりこわい夢を見ていたようで、

「心配かけてごめんな。もう大丈夫やから、勉強もほどほどにして、はよ寝なさいよ」と、言ってくれました。こんなことが何度かありました。

誰にも言わず、いや、誰にも言えず、フラッシュバックに1人で耐え、小学生がカラン、カランと足で缶をけっている音を聞くと、突然身体が、かなしばりにあって、踏切の警報機を思い出したり、外で、大きな、びっくりするような他人の声に怯えて不安を感じたりすると、黙ってしまって、今まで、楽しい会話をしていたのに、

「お母さん、おかあさん!!」

と、呼んでも返事もしないで、ボォーっとして、真っ青になっていることも多くありました。それも全て、フラッシュバックだったのですね。

イライラしたり、落ち込んだり、怯えたり、不安な何かに押しつぶされそうな毎日を送っていたことを考えると、いたたまれなくて仕方ありません。

当時、私の年齢がもう少し高ければ、少しでも、相談にのってあげられたし、もっと早く、気づいてあげられたのに、と思います。小学校6年生では、何の役にも立たなかったことが、今にして実に残念で、悔しい思いがします。

最初は痛い腰をなでて、無理してでも家事をしていた母も、ついにそれもできなくなり、買い物などは、自転車でさっそうとしていたのにと思うと、何とも言えないくらい悲しくなりました。

その上、左足、左手のしびれがひどく、家事は、私達3人で分担しなくてはなりませんでした。買い物、洗濯、掃除、犬の散歩に犬の風呂入れ、風呂洗い、お弁当作りに食事の準備。

主婦の仕事って、あげたらきりがないくらいたくさんあります。母のアドバイスを受けて、何とか家事をやりこなしました。たかが家事くらいと思っていた私は、いかに家事が大変で、家族の健康を守っているか、この時初めて知り、母の大変さを知り、前よりももっと母に感謝し、前よりももっと母を尊敬するようになりました。

二年前、私はF大学に合格し、家を離れなくてはならなくなりました。

自宅から通える大学にするのが理想でしたが、

「お母さんのことは何も心配せんと、あなたの人生はあなた自身のものだから、充分考えて、一番納得のいく方法をとったらいいよ」

と、母は言ってくれました。私は、その言葉に甘えて、心配を残しながらF大学に入学することにしました。まさに母の身体を案じながらの入学でした。

でも、2001年9月、T先生に出会い、先生の診察を受けるようになって、母の変化はみるみるうちに進んでいきました。

イライラもなくなり、自分の気持ちを正直に言えるようになり、泣きたい時は電話でも、娘の前でも泣き、今まで何度も死のうと思ったこと、子どものことを考えて自殺を思いとどまったこと、今は離婚どころか父に感謝していること、心にあるものを全て話してくれるようになりました。

最初の病院で、「頭がおかしいんだ。頭の問題だ。心が弱いんだ」と、冷たく言い放たれた母が、私達に心配をかけまいと自分を殺し、平気な風を装っていたことを考えると、何と母は残酷なことをしいられていたのかと、今さらながら母の精神の強さに脱帽します。逆に自分の無力さと、幼さに腹が立ってなりません。

できることなら、8年前、妹が小学校の上級生になったら、家族でスキー旅行に行こうねと約束していました。妹は、もう高校2年生になってしまいましたが、あの約束を実現したいと願っています。

T先生の診察を受けて、フラッシュバックを治し、W先生の手術を受けて、腰を治し、家族そろって、ゲレンデに立つことができる日がきっとくることを切望しています。

二女の私から見た母のこと（2002年6月26日）

事故の後、リハビリのために、プールについて行って、水に入るのを助けたり、プールから上がるときには、お尻を押して上げたりするのが、私の役割でした。

ある時、風呂上がりにギックリ腰をおこし、30分くらいバスタオルもかけられなくて、風邪をひいて熱を出し、一週間も寝込んだことがありました。

だから、入浴中は途中で何回も声をかけたり、浴槽への出入りを手伝うなどして、特に気を付けています。しかし、辛抱強い母ですので、できる限り自分でしようとしているようです。

私は、幼い頃から、甘えん坊で、母の顔がちょとでも見えなかったら、いつも、べそをかいていました。

でも、そんな私をしっかり抱きしめ、いつも言うことは、

「ゴメン、ゴメン、お母さん、ちょっと用事があったから……、ゴメンね」

決して、母の口から、荒げた声が出たことはありませんでした。

幼稚園の時、母は車に乗る必要から（私達を病院に連れて行ったり、買い物に連れて行ったり等々）、教習所に通うようになりました。できるだけ、私の保育中にということで、時々しか通えなかったので、三か月もかかったそうです。

それも、泣き虫の私をできるだけ、一人にしないためだったそうです。でも、二度ばかり、どうしても時間の調整がとれず、一緒に教習所についていった時、待合室のガラスにピタッとくっついて、母の乗った車がどれか、目をこらして捜していたのを覚えています。練習が終わって、小走りに、私がいる待合室に来る母を見つけた時は、どんなに嬉しかったことか……。

そんな大好きな母が、事故に遭った時は、正直信じられなかった。

『なんで？　お母さん、何も悪いことしてないのに!!』

台所に立っているのが辛く、よく、流しに、身体を覆い被さるようにして支えている母の姿に、思わず涙が流れたことがありました。

2年前から、姉がF大学へ行ったため、母の介護は、私一人でしなければならなくなっています。

学校へ行く前に、昼食の足しになるよう、おにぎりを2個作っておいて置くことがよくあるのですが、そのおにぎりも、食べてない時もあるので、夕食は母と二人でしっかり食べるようにしています。

父は帰りの遅いときが結構ありますが、夕食準備などで、足りない物があるときは、どんな時間でも、開いている店を探して、買い物に行ってくれるので、助かっています。

欲を言えば、父の帰りが、もう少し早ければいいのにと思うことが、多々あります。

「お母さん、早く、治れ！小学校の時、約束したこと覚えてる？　高学年になったら、家族で、スキーに行くって約束したやろ？私、いつまでも待ってるよ。指切りげんまんしたやろ？　約束破ったら、針千本飲まなあかんで!!」

＊＊＊

以上が、私の家族がどのように思っていたかをつづった文章である。

その当時は、私の脳にインプットされた物から逃げることが、私の唯一の防御策であった。でも、普通の生活の中で、そんなことができるわけがない。無人島でも行かない限り。

私には安定した生活などあり得なかった。毎日、毎日、相変わらず不安と恐怖が、頭の中で渦を巻き、片時も平穏な気持ちになることはなかった。

地裁の判決後、納得のいかない私は、直ちに控訴した。高裁への準備のため、弁護士は、新たに【ＰＴＳＤ】を立証することにした。

夫と娘が出勤、登校すると、あと家に残るのは、私と室内犬のムーのふたり（笑い）だけだ。

しかし、愛犬ムーは、誰に教わるともなく、私がフラッシュバックで倒れると、これは多分想像だが、

『お母さんが倒れた。大変だ!!早く、目を覚ませ!!』

と言って励ましているんだろうか?正気に戻った私の顔は、ベタベタである。

つまり、一生懸命犬は、犬なりに、必死に呼びかけて、私の顔をなめまくって、励ましているんだろう。いつも私とふたりきりの時はそうである。

でも、不思議なことに、家族の誰かがいると、絶対に私の側に来ない。

『みんなで、介護したら?』と、意外に、冷たい態度。

犬ながら、その辺りの区別がついているのが、私にとっては、犬というよりは、前にも述べたように、三女と、呼ぶ由縁である。

何度ムーのお陰で、癒され、助けられ、励まされたことか?

不安そうな顔をすると、すぐに私の心を察知して、

『どうしたの?』と首をかしげ、心配そうな顔をして、私の側を離れようとしない。

トイレに行くとき、むろん手当たり次第、壁や家具に掴まり、時には這うようにして行くと、必ず後からついてきて、ドアの前で待っている。何回かトイレの中で倒れたことがあるので、ムーは、そのことをしっかり覚えているんだろう。

ビーグル犬は、英国の裕福な階級の狩猟犬だそうだ。特にムーの父親はアメリカチャンピオ

ン犬で、立派な賞を10回も獲得している。その娘だから、利口なのはうなずける。時には、本当に三女として、ムーを産んだんじゃないかと、錯覚することがよくある。日中、ムーと暮らした生活が、今でも忘れられない。

二度と、再び、あのような優しい、人の気持ちをおもんばかることのできる利口な犬は、現れないだろう……。

他人が遊びに来ても、決して吠えたり、威嚇したりしない。それは、家族の言葉のトーンで解るらしい。来客に対して、親しげに会話するようすから、〝この人は、家族に危害を加えない人だ〟と察知するようだ。客の足下を、くんくん匂いながら、後は離れた所で、じっとしている。

いつか、こんなことがあった。娘の友人で、外出する度、例えば夜遅くコンビニに買い物に行った帰り、その犬に何もしてないのに、威嚇され、吠えられた。犬に会うたびに、犬という動物は、知らない人には、そうするものらしいというのだ。怖いという先入観が植え付けられていた。

その友人が、我が家に遊びに来た時のことである。友人を見て、いつものように、足下をグルッと回っただけで、そのまま、吠えるでもなく、そ知らぬ顔をして、いつものように、その人から離れた。

ムーが足下にいる間、彼の顔と言ったら、よっぽど怖かったのだろう。直立不動で、顔はこわばっていた。彼には悪いけど、あまりの滑稽さに、吹き出しそうになったのを覚えている。

〝こんな優しい犬もいるのか〟と思ったらしく、少し、おどおどしながら、ムーの頭をなでてやると、ムーは嬉しくて、彼の手をぺろぺろなめた。

こうして、20数年、犬嫌いな青年を、犬好きにしたという、ここにもムーならではの貢献談がある。

もうひとつ、ムーについて書いておきたいことがある。

前にも話したように、この家に、招かれる客と、招かれざる客がある。

ある日、インターホーンがなった。出てみると新聞の勧誘であった。私はインターホーンで、「今は十分間に合ってますので、お断りします」

と、答えたにもかかわらず、相手は納得せず、ドアを、ドンドン、ドンドンと叩き、それでも出ないと思いきや、今度は、足でドアを蹴る音がした。

仕方なく、玄関を開けたとたん、さっきまで部屋にいたムーが、私の側に飛んできて、さっと、私の前に出て、立ちはだかり、相手に向かって、今までに見たことも聞いたこともない姿で、「ウウゥー!!　ううぅー!!　ウオォー!!　うおぉー!!」と背中の真ん中の毛を、逆立てて、歯をむき出して、今にも飛びかからんばかりの、まさに、獣そのものだった。

その様子を見て、さすがに相手は、後ずさりして、逃げるようにして、帰っていった。

その時私は、変な話だけれど、初めてムーが、犬だと思った。

介護犬と言っても、決して過言ではない。事故に遭ってから、ムーと過ごした日々が、私にとっては、かけがいのない、生涯忘れることのできない幸せで、楽しく、また、何よりも、誰よりも癒された、大切な日々であった。

２０１１年12月2日、彼女は、朝、私の布団の中で永眠した。

心配ばかりかけ、何一つ、お返しできずに別れたことが、ただただ悔やまれる。

この体験記の後半の10年を続きとして書く機会があれば、ムーとの思い出を、それこそ山盛り記したい。それほど、彼女との生活は、私にとっては、彼女の存在なしには成り立たないからだ。

いつか、ムーに会える世界に行ったとき、この母を一番先に見つけて、いつもしていたように、顔をペロペロなめてくれるだろうか？　母は君をハグし、最後の君の別れのメッセージをキャッチできず、母への優しい思いやりの機会を、奪ってしまったことを、心を込めて謝りたい。

もしも、もしもだよ、この母の【ＰＴＳＤ】が完治していたら、今まで行けなかった所に、一緒にいこうね。電車にも乗ろうね。飛行機にも乗ろうね。船にも乗ろうね。

でも、もう少し、母はこちらの世界で、母にしかできないことに、こんな人間が、生かされ、生きたことを、証明するために、頑張ってみようと思う。だから、もう少し待っていてね。

Ｔ先生もいろんな文献を調べ、あの手この手と、どれが私に効く薬なのか、おそらく多大な

photo title :「三女」

労力を使われたことであろう。

【PTSD】とはいっても、個々違うものである。当然投薬も違ってくる。気の遠くなるような薬の種類の中から、私に合った薬を見つけるのは、並大抵のことではない。私の場合は、フラッシュバックを起こした夜、同じ現象の夢を見るということで、結局二度、フラッシュバックで倒れることになる。悪夢を見た夜は、その疲労はいうに及ばず、2〜3日は、食欲もなく、へこむことこの上なし。

自分で自分の身体をコントロールできない悔しさ。

耐えて、耐えて、耐えて、完治するかどうかも解らない、目に見えない病魔に、いつも、常に、怯えながら、これからも生きていくのかと思うと、へこむこと、へこむこと!!

私の場合は、とにかくまずは、悪夢をなくすことが、第一の課題であった。

T先生は、病気だけではなく、私の生活の中で、困っていること、心配していること等々はないか、気遣って下さる。いたれりつくせり、有り難いことである。

いつも、診察の最後の言葉は、

「もう、何か話しておきたいことはありませんか?」

私の【命の恩人】の別れ際の、決めゼリフである(ちゃかして失礼!!)。

「貴女がどんな身体になろうとも、貴女の存在が周りの人達を助けているんですよ」

『まさか? こんな私が、人に迷惑ばかり、心配ばかりかけ、お荷物以外の何者でもない私が、人を助けているなんて……』

その時は、そんなことがあるはずがない、という気持ちから、ちょっとこの言葉に、心の中で、少なからず反抗したものだ。

しかし、後になってこの意味が、違った意味をもっていたことを、イヤと言うほど思い知らされることになる。

九．再び裁判――控訴

地裁での敗訴の結果、押さえきれない憤りを持って、控訴することを決意した。

体力的にも、精神的にも、この裁判に耐えられるか、全く未知数であった。

地裁での敗訴が、あまりにショックだったので、正直、体力は限界にきていた。でも、もしこのまま諦めてしまったら、今までの苦労はなんだったのか？と考えると、持てる全ての力を振り絞って、頑張ることにした。

そう決心した、いや、決心させたのは、T先生が傍にいて下さるという支えがあってのことである。

まずは、私がこの事故で身体が不自由になり、全く外出しなくなったこと、もちろん、自転車、車の運転をしているところを見たことがないという、近所の人の証言（これは、目撃証言としては、かなり確実性の高い証拠であろう）も取った。

それに加えて、T先生の【ＰＴＳＤ】であるという丁寧で、詳しい意見書。

しかも、相手が出してきた意見書の反論の意見書まで作成して下さった。

また、裁判という毎日が続く、長い歳月が、両肩に重く、ずっしりとのしかかってきた。病気と裁判。私一人では到底、耐えきれない重さであったが、T先生はじめ、夫、子どもたち、そして、何より近所の人達の協力のお陰で、耐えることができた。

一番大事な時に、一番残念なことが一つ起こった。

それは、私の心の中に、弁護士に対する不信感ができたことであった。

とにかく、忙しい弁護士であった。忙しすぎるくらいの弁護士であった。なぜなら、弁護士の手帳には、読めないくらいの細かい字で、ビッシリと予定が書かれていて、わずかの空白もないくらいで、しかも黒字の中に、赤字が混じっているというものだった。

〝これだけの沢山の仕事をもっていて、その一つ一つに十分な時間をかけて、裁判に臨めるのだろうか?〟と、弁護士社会を知らない素人の私は、そう思ったものだ。

やはり、その不安は的中した。

弁護士との面会は数回。しかも、意見書のサインは、夜9時頃、最寄りの駅まで来てくれとの電話。夫の車に乗って、駅のロータリーに止めて、車の中でサインしたこともしばしば。こんな状態が続き、私は、ますます弁護士への信頼度を失っていった。

弁護士への不信をあおったのは、次の出来事も一つの要因であった。

ある日、弁護士から、一本の電話が入った。

それは、〝地裁への意見書を作成して下さったW先生が、お怒りの手紙を送って来られた〟

というもので、私は思わず耳を疑った。W先生のことは全て弁護士に一任してあるので、最初、何のことか、全く理解できなかった。

「どうしてですか?」と聞き返した。

弁護士は、W医師の手紙の内容を次のように説明した。

「医師としてできる限りの努力をしたにもかかわらず、その後、弁護士からは何の連絡もなく、本人も治療に来ないし、裁判の結果報告もないのは、あまりに失礼ではないか」という意味のことが書かれていたそうである。

「えっ!?」と、声を上げたまま、私は、絶句。

「W先生には、何にもお知らせして下さらなかったのですか?」

「そうです」

〝『そうです』じゃないでしょう!?〟

「じゃ、その手紙を見せて下さい」

と言って電話を切ったけど、結局、その手紙の内容は、私の目には入らなかった。

わけが分からない。私は、パニクりまくった。

しばらくして、少し落ち着いたところで、私のすべきことは、いや、私がやらねばならないことはなんだろう?と、考えた。

W先生がお怒りになっている理由を聞いて、まず、謝らなければならない。いずれにしても、私の方に落度があるんだから……。

次の日、不安と、何とも言えない複雑で、はやる思いを胸に、タクシーに乗った。むろん弁護士には内緒で。

タクシーの運転手に頼んで、患者さんが診察室から出てくるのを見計らって、強引に診察室に、転がり込んだ。

土下座と言うより、横寝のような格好で、

「行き届かなくて、先生には、大変失礼なことをしてしまいました。どうか、どうか、お許し下さい」

何度も、何度も泣いて謝る私の姿を見て、最初は憮然としていた先生も、手を差しのべて、私を、起こそうとして下さった。傍にいた看護師さんも、怪訝そうな顔をして、いったいぜんたい何が起こっているのか解らないまま、私を助けるというよりは、先生の手助けをすると言った方が適切な表現であろう。とにかく、私は起こされ、床の上に、看護師さんに支えられ座ることができた。

「先生に見捨てられたら、私は、どうしたらいいのかわかりません。どうか、これからも、お力をお貸し下さい。今までの、ご無礼は幾重にも謝ります」

これで済んだとは思わないけど、心なしか先生の顔が、少し、いつもの先生の顔に戻ったように思えたのは、私の、早とちりだったのか？

「私が、あの意見書で、一番言いたかったのは、貴女よりもっと軽い症状の患者も、まだ労災を受けているっていうことです。当時は、手術も可能でしたが、時間が経ちすぎているので、もう、手術は手遅れです」

愕然とした。全身の力が抜けていくのが感じられた。そして、また、今度は前のめりになって倒れた。二人の看護師が、優しく抱き起こしてくれた。

そうとうなショックを受けていると思って下さったのだろう、先生自ら、私を抱えて、タクシーに乗せて下さった。

弁護士の知り得ないことである。

依頼人と弁護士とは、何より信頼が必要である。

これは余談だが、テレビドラマでの弁護士は、依頼人のために、全力を尽くすため、精力的に、時には、手弁当で頑張っている。あれが真の弁護士の姿だと、勝手に思い込んでいた。

しかし、あれは、あくまでもドラマであり、現実は、それとは違うのだと思い知らされた。弁護士には悪いけど、この人では、十分に私の意志も通じないのでは、と思った。【PTSD】を勉強をするために、精神科の先生に教えを請い、足しげく通って、理解しようとするという様子も見受けられなかった。

一つの訴訟で、全てを把握することは無理だとしても、弁護士なら、争点になっているものを出来うる限り、学習する必要があるのではないか？

そうでないと、信頼感も生まれないし、裁判も任せられない。

確かに、敏腕弁護士なら、白でも黒、黒でも白と、あの手この手で、時には違法すれすれのところで弁護することもあるだろう。しかし、祖母がよく言っていた言葉に、〝医者を選ぶも、寿命のうち。ヤブにあたったら寿命が縮む〟と。その言葉を借りるならば、〝弁護士を選ぶも、勝敗のうち。誠意と腕のない弁護士にあたったら、勝てる裁判も勝てない〟ということか？

今さら言っても仕方のないことだけれど、弁護士との意志の疎通が悪い上に、最初にかかった病院の若い医師との意志の疎通も悪かった。

私が勤め始めて一年しか経ってないので、上司が心配して、しかも、勤務中の事故だったので、月に一度は様子を見に来て下さった。

「社員の労働力を奪われたんだから、こっちの方が、損害賠償を請求したいよ」

「……」

「まだまだ、時間がかかりそうか？」

「自転車にも乗れない状態ですから」

「早く復職してほしいんだがなぁ……」

「私は、バスと電車で移動していたのですが、今は、その電車を見ると気分が悪くなり、それに、腰と足が痛いので、バスのステップが上れないと思います」

「そんなに、酷いのか？」

「家では、二階にも上がれないので、一日中一階で生活している状態です」

同じ話を担当医にもしたが、私の辛さをくみ取るどころか、私の発する言葉は、全く真逆の意味に解されて、カルテに記録されてしまった。

つまり、「自転車…」といえば、乗ったことになり、「バス…」といえば、利用したことになる。「階段…」といえば、階段から落ちたことになる等々……。

背もたれのない椅子に座っての診察は、健常者には解らないだろうが、相当な負担がかかる。痛くて、辛いので、ついつい問診に対する返答が、最後の言葉の語尾まで、はっきり、しっかり言えない。しかも、担当医は威圧的で、私の頭がおかしいという先入観を抱いていることが、言葉の端々にうかがえた。「いつまで、そんなこと考えてるんや…」等々。

そして、カルテには、誤解されたままの言葉が、並べられ、裁判所の貴重な証拠となった。致し方ないことだが、前にも言った通り、私と弁護士との意志の疎通がうまくいってないことが、全てにおいて、裁判で私に不利な結果をもたらした。

このカルテがある限り、肝心な悪夢の話は私の独言《ひとりごと》ということか。

これじゃ裁判に勝てるわけはない。

もちろん、夫も動いてくれた。

電車・バスはもちろん自転車にも乗れず、一人で外出できないことは、「近隣の住民の証言があればわかることだ」と書面を作成し、署名をもらいにまわってくれた。

しかし、日に日に募る弁護士への不信が、私の【ＰＴＳＤ】にとっても、よくなかった。

弁護士にとっては、私は依頼人の一人に過ぎないけれど、私にとっては、弁護士はただ一人、弁護士の腕一つが頼みである。

周りの人達の助言で、弁護士を替えようとしたが、素人には、理解しがたい世界。

弁護士も、自分一人では、手が回らないと思ったのか、【ＰＴＳＤ】を一から勉強する時間がないと悟ったのか、少し【ＰＴＳＤ】に明るい女性弁護士と協同するとのことであった。

その女性弁護士と面会した席で、このような訴訟に詳しく、しかも、Ｔ先生との接点も密である、もう一人の弁護士も加えて欲しいと希望した。

その時、弁護士は、みるみる不満そうな顔になり、イヤーな空気が流れたが、その時は不快な思いを抱いたまま、二人の弁護士と別れた。

何とも言えぬ気持ちのまま、私と夫は帰宅した。

その後、弁護士から連絡があり、女性弁護士が、「この件は、自信がないので……」と弁護に加わることを断ってきたと聞かされた。

また後日、Ｔ先生から推薦されたもう一人の弁護士に、これまでの弁護士が、「この件は、私が一人で担当するから、手を出さないで欲しい」と言っていたことも風の便りで耳にした。

私の知らないところで、いったい何かあったのか、今もって、私には、疑問だらけで、納得していない。

弁護士同士の話しなので、その真相はわからないが、このことを機に、【ＰＴＳＤ】が裁判の争点からはずされていったのは間違いない。

このため、今まで通り、以前の弁護士一人で、高裁へ臨むことになり、高裁も敗訴するのではないか？という予感と不安が頭をよぎった。

しかし、このように、弁護士との意志の疎通がうまくいかないまま、控訴に踏み切ることとなった。

２００２年４月１日。

Ｔ先生は意見書を作成し、弁護士に送って下さった。その上、今の意見書だけでは不足だと言って、追加の【補足の意見書】も作成する旨を伝えて下さった。ここまで、一患者のために、それも、大勢の精神疾患の人達の治療をしながらの、意見書の作成。こんなに親切で、こんなに患者のために、精力的に動いて下さる医師がいるだろうか？

心ない医師に打ちのめされ、心ある医師に救われた。

２００２年９月１日。

補足意見書ができた。この二つの意見書を見て、私はこの裁判は、ひょっとしたら、勝てるかも知れないと一筋の明かりが見えたような気がした。

「裁判は、勝てるかも知れませんよ」

結果は別にして、T先生の言葉は、何千、何万もの力を得たようだった。

更に、
２００２年12月１日。

２回目の補足意見書（相手の準備書面についての反論）をも作成して下さった。

弁護士から送られてきた、この三通の意見書のコピーを手にしたとき、嬉しいという気持ちを通り越して、〝もう、これで充分だ〟と、裁判をしていることを忘れてしまうくらいだった。

この三通の意見書だけは、今も、いつでも見られるように、私の側に置いてある、私の宝物である。

ヘコンだ時の私にしか効かない、特効薬でもある。


裁判は、私の知らないところで、刻々と進んでいた。

今回の裁判は【ＰＴＳＤ】の争いであるので、てっきり、T先生に出廷して欲しいとの要請があったはずだと思い、尋ねてみると、

「弁護士からは、何の要請もありませんでした」ということだった。

T先生が出廷して下さって、それで、敗訴したとしても、私は正直、諦められると思った。

それほど、私はT先生を、信頼していた。

弁護士に、

「なぜ、T先生に出廷をお願いしないんですか？　T先生は、弁護士から要請があれば、出てもいいと、おしゃって下さっています」

と、詰め寄ると、弁護士は、平然と（私には、そのように感じられた）、

「あの意見書だけで、十分だ」と予期せぬ答えが返ってきた。

【ＰＴＳＤ】のことを、どこまでご存じなのか、意見書だけでは理解できないことを、T先生の生の言葉でもって、弁護士、相手の弁護士、それに何より裁判官・裁判長に知ってもらいたかった。

私はこのことで、一抹の不安と不満を持った。

負けるかも知れないと……。

裁判所から私に、原告尋問の要請ハガキが来た。


いよいよ入廷！

夫、娘二人、それに娘の友人、夫の同僚・奥様・子どもさん等々、10人ほど、傍聴してくれた。

夫の介助を得て、車椅子で証言台に向った時、意識が薄れるような一瞬があったように記憶している。一瞬だったのか、数分だったのかそれも定かではないのだが、とにかく記憶喪失の

ような状態だったように思う。

裁判長の声が聞こえるまでの間の事が記憶から抜けているようで思い出せない。この間の出来事を夫の後日談をもとにして、書いてみる。

私は、証言台に向かったとたん、塞《ふさ》ぎ込むように証言台上に上体を伏せるような仕草をしたそうだ。

それは、台の中央に証人用マイクの黒いコードがほんの少し露出しており、それが私の目にとまり、フラッシュバックをおこしそうになったかららしい。

塞ぎ込む私を見て、夫はすぐにフラッシュバックと気付き、なりふり構わず傍聴席から飛び出し私を支えに来たそうだ。

何が起こったのか？　法廷に居合わせた人達の何人が、そのことをわかっていたのだろうか？　フラッシュバックとは、こんなふうにして、いとも簡単に起こってしまうものなのだ。

その時、倒れて意識を失わず、裁判を続行出来たのはとても不思議なことだった。

夫がすぐに気付いて、とんで来てくれたお蔭なのか？　私が日常ではありえない極度の緊張状態にあったから持ちこたえられたのか？　今もわからない。

「極度の緊張状態にあった」といったのは、次のような記憶があるからだ。

地裁では、被告側の弁護士が一人だけだったのに、今回の裁判では、なんと三人の弁護士が並んで座っていた。そんな光景を横目で見ながら、車椅子で入廷した私は、『なぜ、こんな所に連れて来られたのか！』と全く平静さを失っていた。

私の方の弁護は、希望した三人体制が実現しなかったことを思うと、いたたまれない気持ちになり、私の怒りと緊張は、これ以上ない頂点に達していた。

「今思えば、いつものように倒れて意識を失い、全身硬直し、うめいていた方が、真実が伝わりやすかったかもしれない」と夫は述懐している。

コードが隠され、法廷のざわめきがおさまり、裁判長の「では開廷します」という声が法廷に響き渡った。

そして、被告の弁護士が尋問を始めた。

「傍聴人は、署名してくれた人達ですか？」

「いいえ」

「作業員が来ていた服は、何色でしたか？」

「ブルーでした」

いくつかこんなやり取りがあった後、確か、最後の質問だったと思うが、

「電車が近づいた時、どう思いましたか？」

「死ぬと思いました」と、この答えは、自分でもびっくりするくらい、はっきりと、大きな声で答えたような気がした。

裁判長が、「これで、終わります」と、言った時、

「裁判長、言いたいことがあります。許可願えますか？」と言う、私の問いに、「どうぞ」と、言われた瞬間、私はこれまでの思いの丈を、訴えた。

「私は、お金など一銭もいりません。ただ願いは一つ、元の身体に戻して下さい。親子四人、下の娘が小学校の年長になったら、一緒にスキーに行こうと約束をしていました。子どもとの約束を破りたくはありません。どうか、お願いです。元の身体に戻して下さい。願いはただ一つ、それだけです」

法廷は一瞬シーンとなり沈黙の時間が流れた。自分でも、よく言ったと思った。

予期せぬ、突然の私の告白に驚いたのか、裁判長すら言葉を失っていた。

私は、今のこの時の気持ちを、こんなにストレートに言えたことに、私自身驚いていた。

裁判長は我にかえった様子で、

「これで、閉廷します」と言う、声が、法定内に、響き渡った。

これで、高裁は終わった。

話は前後するが、高裁を結審する前に、相手側から和解を申し入れてきた。むろん、和解金のことである。

夫に連れられて、こちらの要求を示した。本心は、金額など、どうでもよかった。高裁で訴えたように、正直、元の身体に戻してもらえば、それでいい。

photo title :「無駄な空白」

しかし、現実問題として、そんなことはあり得ない。

私の要求に対して、相手側から、理不尽とも思えるような返事がきた。今までと今後かかるであろう治療費にも満たないものだった。

人一人の身体を何と思っているのか？と問いつめたいような衝動にかられた。

相手にもう少し誠意があったら、和解は成立していただろう。

二回目の和解案には、友人に付いて来てもらった。

しかし、何の変化もなく、相手は一歩も譲らなかった。決裂である。

後は、裁判で決着を付けるしかないと言うことで、高裁に踏み切ったのである。

今から丁度10年前の裁判。そして、事故から10年の歳月。

判決は、敗訴。

【ＰＴＳＤ】は認められなかった。

裁判の判決文を読んだT先生は、こうコメントしてくれた。

「裁判の判決は、真理ではない。誤判である。医学的に言って、はっきり言って、お笑いぐさの判決文ですね。【ＰＴＳＤ】以外の何ものでもない。判決文の中の論拠は、全て、潰されている。あとは、【ＰＴＳＤ】が、『嘘つき』だと言うことだけが、反論されていない。……反論可能。このままでは、〝嘘つき呼ばわり〟のままである。病状の回復の点から言っても、名誉回復が必要」

T先生の優しいお人柄に、頭の下がる思いだった。出来うることなら、T先生のおっしゃるとおりに、名誉回復をしたかった。

いつ襲って来るか解らない病魔におののきながら、人間らしく生きていくことの難しさ。不安と恐怖に、がっちり囲まれ、抜けられない生活。

裁判官や裁判長や、そして、弁護士にも解ってもらいたかった。

勝訴したかった!!!!

子どもがじだんだ踏んで、ダダをこねるように、いい年をした私は、この時ばかりは、同じように、じだんだ踏んで、悔しがった。

夫は、「納得がいかないなら、上告もできる。電車に乗れないなら、背負ってでも、東京に連れて行ってやるよ」とまで言ってくれた。

嬉しかった。あまりの嬉しさに、目の前が何も見えないくらい、涙がとめどなく溢れてきて止まらなかった。

こんなにまで、みんな私のことを思ってくれている。そして、理解してくれている。

この上なく、嬉しかった。素直にみんなに感謝する気持ちで一杯だった。

「もう、いいよ。これから私はT先生の治療を受け、【PTSD】を治すことに専念するから」

「それで、いいのか?」

「いいよ」

「それで、後悔しないか？　考え直すなら今だよ」

「大丈夫、後悔しない」

今思えば、全く後悔しないと言えば、嘘になる。

もし仮に、私が何らかの手段で、一人で東京に行けたとしたら、最高裁までいきたかった。

正直、傷ついたプライドを挽回したかった。

しかし、これ以上、夫や周りの人たちに、今まで以上、迷惑をかけることはできなかった。仮に、仮にだ、名誉挽回できたとしても、私が、【ＰＴＳＤ】であることは、何ら変わることはなく自明のことだからである。

また、さらに驚いたことがある。

日本の裁判制度の問題である。私は、日本の裁判は三審制だから、全ての裁判に合計三回の審理を受けるチャンスがあると信じて疑わなかった。制度としてはその通りなのだが、今回のような民事裁判の場合は、新たな証拠がないと、上告してもほぼ棄却されるというのである。

事実上の二審制である。もちろん、私の場合は判決に対する反論の余地もあり、新しい証拠も準備する可能性がないわけではないが、あまりにもハードルが高すぎる。

それならば、裁判にかけるエネルギーを、【ＰＴＳＤ】を治すために注いだ方が、賢明だと判断したのだった。

私の頭がおかしいのでもなく、私が弱いからでもなく、私が【ＰＴＳＤ】という病気であると、証明してくれたT先生がいらっしゃるではないか？

それが、この判断を下した理由だった。

家で起こったフラッシュバックはまだよかった。よかったというのは、他人に迷惑をかけなくて済むということだ。しかし、外でフラッシュバックが起こると、それは、それは大変だった。知らない人に多大の驚きと迷惑をかける。

例えば、どうしても付き添いの人がいなくて、一人で通院する時だ。

T先生の診察を受けるには、自宅から約1時間はかかる。むろんタクシーである。

運転手には、予め事故の話をしておく。

つまり、途中で出くわすかも知れない、パトカー、救急車、消防車は、イヤホン・ラジオで何とかカバーできるが、遠回りしてでもいいから、踏切は絶対避けて欲しい。でないとフラッシュバックが起こり、私は座席に倒れ、30分くらい、身体を硬直させ、てんかんのような状態になると説明した。

「そんな時は、路肩か、どこか停車できる所に止まって、私が気がつくまで待っていて欲しい。料金は、待ち時間分もきちんとお支払いしますから」と言い、運転手は、「はい、わかりました」と返事はしたものの、ミラーから私の顔を、まじまじと眺め、〝えらい客を乗せてしもうた〟と、運転手の方は、みんな困惑したような顔をしたものだった。

話を聞いたときは、理解していたんだろうが、いざ走ってみると、運転手にも自分なりのコースとやらがあるらしい。うっかり忘れて、踏切に差しかかってしまったこともあった。

最悪なのは、踏切の一番前で止まった時である。行くに行けず、戻るに戻れず、言わば、立ち往生の状態である。私が、「あっ!!」と、声を上げると同時に、運転手も「あっ!!」と、声を上げた。多分、私の声で、フラッシュバックのことを思い出したんだろう?

案の定、私は、フラッシュバックを起こし倒れた。気が付いた時には、30分以上経っていた。

「申し訳ありませんでした」

運転手は、何度も、何度も謝った。時すでに遅し。私が安堵した以上に、運転手の方が、ホッとしたに違いない。

私は、もうろうとした頭で、運転手に抱えられて、診療所の看護師にバトンタッチされ、車椅子に乗せられ、T先生の診察を受けた。こんなことが、4~5回あったように記憶している。帰りは、大丈夫なのだ。というのは、夫の勤めている学校が、ほんの近くで、必ず私を迎えに来て、車で連れて帰ってくれるからだ。

もう一つ例を上げるとすれば、私の診察は、いつも、夕方で、しかも最後。

夫に車椅子を押してもらって診療所に入った時、清掃員の持っている掃除機の黒いコードが、パッと目に飛び込んで来た。何が起こったか、もうお分かりでしょう?

とたんに私は、車椅子から転げ落ちた。当然、フラッシュバックだ。

診療所内でよかったが、あいにくT先生は往診中。看護師がT先生に電話連絡をとり、注射して、これまた30～40分後に、正気に戻った。

帰って来るなり、「申し訳ありませんでした」と、T先生は、何度も、何度も謝罪して下さった。

その後、私の診察時には、清掃員の方を見かけたことはあるが、手には、掃除機は持っていなかった。これも、T先生の優しい心使いである。

そして、必ず、外の音が、少しでも遮断できるようにと、ＣＤをかけて下さる。

それは、12年経った今も、同じである。

診療所に行って、まず最初に驚いたことは、どなたも制服を着てらっしゃらないこと。T先生は、白衣なし、看護師さんも看護服なし。受付の方もしかり。つまり、患者の普段着と同じ。慣れないと、誰が医師か、看護師か、患者か、区別がつかない。

一度、看護師長さんに、伺ったことがあった。

「どうして、皆さん制服を着られないのですか?」

「患者さんと一緒に、病気を治していきましょうというのが先生の方針です。私達職員は、サポーターとして、患者さんと共に、患者さんと同じ目線、同じ立場で、どんな些細なことでも話し合って、一つ一つ解決していきましょう、というのが、私達のモットーです」

と、説明して下さった。

納得！　納得！

看護師長さんの話を聞いていると、いつか、そう遠くない将来、ひょっとして、本当に、ひょっとして、私の【ＰＴＳＤ】も治るかも知れないと思った。

そう、いつか、そう遠くない将来に……。

十．事故から20年

２０１２年、最高裁で【ＰＴＳＤ】が認められ勝訴。労災として【ＰＴＳＤ】も認められたという記事が、新聞に大きく載った。

「よかった！」と手放しで喜びたいところだが、正直、もう少し早く、精神障がい者に理解が示され、国の制度が、弱者に対する温かいものであったなら、もっと多くの人達が救われたに違いない。

幸いにも、私のように周りに沢山のサポーターがいれば、これだけの障がいがあろうとも、〝牛歩の如く〟の進歩であろうとも、とにかく一歩一歩、よくなっていることは確かだ。恵まれていると思う。

しかし、誰にも理解してもらえず、

〝自分は、駄目な人間なのだ。弱い人間なのだ。無力な人間なのだ〟と、自暴自棄になり、自分を追いつめることしかできず、結局、自殺を選んでしま人もいるに違いない。

いつかの私のように……（幸い、私の場合は、思いとどまったけれど）。

その気持ち、私には、痛いほどよく解る。

『そうなんだ！　解ってくれよ！　辛いんだ。他人は怠け者だというけど、何をする気にもならないんだ。心が重いんだ。身体も重いんだ。だから、何もできないんだ。いったいどうしたらいいんだ。解っている人がいたら、教えてくれよ！』

そんな、『ＳＯＳ』が私の耳に聞こえてくる。

だが一体、何人の人が、この『ＳＯＳ』をキャッチできるだろうか？

20年前には、誰もいなかった。私の側にも……。

こうして、周りの人達に支えられて、私は、今日も生きている。

折角、助けられた命を大切にし、生かされた命に感謝しなくては、本当に罰があたる。

私の事故の後、いろんな出来事があった。

大震災、児童殺傷事件、脱線事故、路上での無差別殺傷事件…そして、東日本大震災による津波・地震・原発事故。

阪神・淡路大震災では、生き埋めになった家族を助けられなかったという自分の無力さを悔い苦しむ人がいた。目の前で、自分の家が燃え落ちるのを、ただただ茫然と眺めているしかなかったため、自責の念に駆られ、火を見るとパニック状態になり、台所にも立てない人がいた。

大阪教育大学付属小学校の児童殺傷事件では、お母さんが包丁を持って料理をするのを見ると、友達がナイフで刺され教室が血の海になったことを思い出し、パニック状態になり泣き叫ぶ児童がいた。

福知山線脱線事故では、私と同じように電車に乗れなくなった人もいれば、症状が軽く電車に乗れても周りに友達に囲ってもらわないと駄目な人がいたという。

東日本大震災では、娘の手を引いて逃げる途中で津波に遭い、あまりの酷さに、娘の手を離してしまった母親が言う。

「私だけが助かって、良かったのか、悪かったのか、解らない」

無表情で、涙も出ないのだろう。現実に何が起こったのか、全く理解できないし、突然の出来事で、頭の中が、真っ白になっているんだろう。

その後、このお母さんがどうなったのか、私には知る由もないけど、どこかで生きていて欲しいと、ただただ願うばかりだ。

これらの事故で、どれだけの人達が、精神的にダメージを受けたことか？

『受けた者しか、解らない！』ではだめなのだ。

１００％その人の立場に立てないとしても、70～90％の理解があれば違うはずだ。ダメージを消すことは無理だとしても、ダメージを和らげることはできる。その人の心の傍に寄り添うことはできる。

同じ人間じゃないか？

しかも、この地球上で、たまたま、日本という国に生まれ育った仲間じゃないか？

不登校、引きこもり、うつ、ＰＴＳＤ、どれをとっても、みんな、その人のせいではない！

あなたが、弱い人間だからではない！

ここで、私一人が大声を上げたところで、どうなるものでもないが、でも、信じて欲しい。心に受けた傷は、そう簡単には癒されないし、そう簡単に、他人に話せるものではない。

死を見つめて、毎日を生きている人もいる。

私のように、Ｔ先生に出会って、命を取り戻せた者もいる。

可能を不可能にすることは、一瞬である。しかし、不可能を可能にするためには、多大の努力が必要だ。だが、努力が必ずしも報われると言うわけではない。

「ガンバレ！　ガンバレ！」と叱咤激励することは、ある意味、心に傷を負った人にとっては、最も酷な言葉だ。なぜなら、その人は十分頑張っているからだ。自分の頑張れる範囲で……。

他人から見れば、怠けているようにしかみえないけれど……。

その人を、無言の愛で、見守ることのできる人は、本当に、その人を理解している人だと私は思う。私も例外ではない。

〝いつまでも後を見ていては駄目だ。前向きに、前向きに！〟と、自分で自分を鼓舞すればするほど、悔しさがこみ上げ、ポロポロ涙が出てきて、涙腺が切れたのではないかと思うくらい、毎日が涙の海だったことが、何日、いや、何か月、いや、何年続いたことだろう。

事故から20年の記憶をたどり、ここまで書いてきたが、道のりはまだ半分。

今日までのことを記したいと思うが、その後に起こったプライベートな出来事が、あまりにショックが大きすぎて、まだ、筆を執る気にはなれない。

いつの日か、もう少し心の整理がついたら、筆を持てるかも知れない。

時とすると強風にあおられ、折れそうになる柳の細い木。

でも、昔から人は言うではないか？

『柳に、雪折れなし』と。

十一．のろけ？

夫が、朝起きてまず一番にすることは、新聞を隅々まで読み（別に記事を読むのではなく）私のフラッシュバックの原因となる電車・コード・ヘリコプター等々が記載されていないか、点検することである（20年経った今も同じである）。

見つけたら、丁寧に紙を貼り、セロテープで留めて、私が安心して新聞を読めるようにするためである。2回も繰り返して見てくれる。有り難いことである。でも、そうしてくれたにもかかわらず、私は、時とすると、その優しさを裏切ることがある。

朝の忙しい出勤前、必死に目を凝らして点検してくれたにもかかわらず、私はそれをすり抜けて、イラストの電車や、健常者には気づかないであろう線路をキャッチし、フラッシュバックを起こしてしまう。

夫の気遣いに黙っておこうと思っても、くしゃくしゃになった新聞に夫は気づき、バレてしまう。

「わるかったなぁ!!　ゴメンね!!」と、

謝る夫の、この上もない優しさに、

〝迷惑をかけているのは、私の方なのに……〟と、何とも言えぬ自責の念にかられ、とめどなく流れる涙をぬぐおうともせず、流れるままに、涙が枯れるまで放っておいた。へたに我慢すると、かえって惨めさが増し、二度と立ち上がれないような気がした。

そんなことが度々あった。でも、夫は止めようとはしなかった。

今日も、せっせと朝一番、新聞を点検して出かけた夫に、ただ、ただ感謝あるのみ。

夫の労力と、根気に、そして、何より優しさに、脱帽、脱帽。

若かりし頃、(今も若いつもりでいるが……) 初めて夫に出会った時、初対面にもかかわらず、彼は、こう言った。

「僕は、シュバイツァーのような【博愛精神】と、森鴎外のような【文才】と、アインシュタインのような【研ぎ澄まされた英知】を持った人間になりたい」と、実に、涼やかな目をして、のたもうた。

私は、内心、

〝何と、厚かましい人だろう?〟と、思った。

もう、昔のことだから、本人はすっかり忘れているだろうが、私は今でも、はっきりと覚えている。こういうこと（つまらないとは言わないが……どうでもいいこと）は、案外女性の方が、執念深い性格でもって覚えているものだ。

【文才】と【研ぎ澄まされた英知】は別にして（笑）、褒めすぎかもしれないが、【博愛精神】だけは、認めざるを得ない。

人は、時とすると、

「あんなに、してやったのに……」と、恩着せがましく言いたくなることが、多々ある。

でも、彼の口から、未だかつて、その言葉を聞いたことがない。

どんなに疲れていても、どんなに面倒な仕事であっても、黙って考えて、事を進める。

理論的に、的確に。

教員時代、家庭を顧みないほど、仕事に没頭し、生徒のために、特にやんちゃな生徒（つまり、リストカットを繰り返している）のために、どれだけ奔走し、立ち直らせようと努力したことか？　そのための労苦は、いかばかりか？

はたで見ている私でさえ、夫が身体を壊さないかと心配するくらいのものだった。

３年経てば、留年でもしない限り卒業していく。３年間、ガマンして、見て見ぬふりをすれば、問題は解決するはずなのに。

そんな教師の多い中、彼は、卒業後の生徒達の人生をも考えていた。

例えば、母子家庭で、授業料が払えないため、卒業が危ぶまれている生徒に、奨学金の手続きをとるように勧めたり、夜の時間しか会えない母親の時間に会わせて、説得し、書類を整え、奨学金が出るように取り計らったりした。

にもかかわらず、母親は生活苦から、その入金された奨学金を学資に充てず、生活費に使ってしまった。当然、学校から催促される。夫は、再三、その母親と面会し、少しでも授業料に充てるように説得する。後もう少しで卒業できるのに、本人のために、何とか努力して欲しいと、説明・説得・説明・説得……。

母親も、夫の熱心さに、心を動かされ、努力されたとか。

彼女は、無事卒業できたということだ。

あまり学校のことは、家では話さない夫だけど、ホッとしたんだろう。

そんな話をしてくれたことがあった。

一番困っていたのは、リストカットを繰り返し、『自殺願望』のある生徒だ。

私も一時期、自殺について真剣に考えたことがあるから、彼女の複雑な家庭環境から、そういう気持ちになるのも、理解できないことはない。しかし、自殺は、絶対ダメだ。

深夜2時頃、その彼女から、一通のメールが夫の携帯に入った。

「先生、私、これから死にます」という、短いメール。

安易に返信すると、彼女の気持ちを損ないかねない。

返信しないと、見放されたと思い、本当に自殺しかねない。

彼女の『SOS』に、どう答えるべきか?

photo title :「夫は何思う」

布団の上で正座して、じっと1時間微動だにもしないで考えていた夫は、真剣な面持ちで、彼女に、メールを返信した。夫の、あんなに真剣な顔を見たのは、教員生活の中で、初めてだった。返信メールの内容は、私には解らない。

夫も言わなかったし、私も聞かなかった。教師と生徒とのやり取りである。

その後、彼女は自殺を思いとどまったとか。

ここでもまた、大袈裟ではなく、大切な命が一つ生かされたと、言えよう。

またある時は、学校の都合で、クラス担任でもないのにただ一人で家庭訪問しなければならなくなった。学年主任の立場上やむをえなかった面もあるのだが。担任簿を見ても職業はわからない。

かなり前からであるが、担任簿に親の職業を記入する欄がなくなった。つまり、親の職業が何であれ、本人とは関係ないからである。私もこれには、賛成である。親の職業に左右され、本人の人生が制限されるようなことがあってはならないと思う。

生徒の家庭についての情報がほとんどないまま、訪問した生徒の家はヤクザの事務所であったという。

どんなトラブルがあったのかは定かではないが、その生徒に無期停学処分が下され、期間中、家で反省文を書くことが彼女に課せられた。夫はそれを伝えに行ったのです。

この事件の指導過程で、学校に乗り込んで来た彼女の父親の凄みといったら、まさにテレビで映し出されるヤクザの姿そのものであったとか。校長はじめ教師達は皆、あまりの勢いにビビってしまい、タジタジだったそうな。この時。夫は授業中でその場にいなかったらしく、この父親の顔も知らないままの家庭訪問だったらしい。夫が貧乏くじを引かされたようだ。

〝どう切り出したらいいか?〟

〝相手を怒らさず、どう話し合いに持っていけばいいか?〟

当時、〔褒《ほ》め殺し〕という言葉が流行していた頃である。

夫は、それを使うことにしたらしい。

「先日は、娘さんのために、学校にまで来て下さって、有難うございました。親子の関係が希薄な昨今、娘さんのために、身体をはって来て下さるとは、娘さんも、いいお父さんを持って、幸せですね」

教師といえば、いつも世間知らずで、偉そうな奴ばかりという予想がはずれたのか、急に顔相が和らぎ、自分の娘が小学校で受けたいじめなどの話をしてくれたそうです。

「娘に聞いたら、やっぱり学校の言うとおりだとか。叱り飛ばしておきました」

「人には、出来心というものがあります。本人も、反省していることでしょうから、くれぐれも、暴力はやめて下さいよ」

「先生、気に入った。おい、ぼやぼやしてないで、先生に、コーヒーでも、お出ししろ!!」

〝コーヒーなんかいいから、早くここから立ち去りたい〟と、思ったけれど、そんな失礼も

できず、

「反省文を書かれたら、それを持って、登校して下さい。クラスのみんなには、娘さんが登校されても、気遣いしないように説明しておきますし、教員も気を付けるようにいたします」

「有難うございました。できの悪い娘ですが、今後とも、宜しくおねがいします」

ヤクザとは言え、今は一介の父親の顔である。

「先生、何か困ったことがあったら、いつでも、言ってきて下さい」

〝ヤクザに頼むことは、何もないけど……〟

帰宅した夫に、その話を聞いた時は、びっくりして、よくぞ腕の一本もへし折られずに帰って来れたものだと胸をなでおろした（テレビの、見過ぎだろうか？）。

冗談ではなく、本気にそう思ったものだ。

こうして、ヤクザの事務所入りは、無事、五体満足のまま、事なきを得た。


まだまだ例を上げたらきりがない。

夫の教員生活は、まさに波瀾万丈。

こんなに生徒を思い、生徒のために動き、生徒を愛した教師はいないと思う。

その分、ちょっと言わせてもらえば、家庭に目を配る時間がほとんどと言っていいほど、なかったこと。

普通なら、文句の一つも言おうところだが、当時私は、自分の心の葛藤に必死であったため、かえって、夫に気づかれずに済んだこと、夫に心配をかけることがなかったことが、今にして思えば良かったのではと思っている。

でも、少しは、(いや、時には大いに)不満も持っていたが……。

決して、口には出さなかったけれど、心の中では、

〝何で、そこまでするの? 教師は、貴方一人じゃないでしょ? もっと、暇な(失礼)先生方がいっぱいいらしゃるじゃないの。サラリーマン教師に、貴方の仕事を分担してもらったら?〟

こんな思いを抱いたのは、一度や二度ではなかった。

しかし、ある日、在校生が家に電話してきたことがあった。

「先生、いる?」

「ハイ、おりますが、どちら様ですか?」

「○○……」

多分、生徒だろうと察した私は、夫に電話を代わった。

「生徒さんみたいだけど、○○とおっしゃっただけで……」

その彼女が、卒業し、就職して、二年くらい経って、電話をしてきた。

「私、○○といいます。K高校の出身で、先生には大変お世話になった者です。先生は、ご在宅でしょうか？」

後で、夫に聞いて解ったことだが、あの無礼な電話をかけてきた彼女だった。

その変身ぶりに、私は、しばらく信じられなかった。

こうも人って変われるものだろうか？

就職先で、教育を受けたんだろうが、それだけではないと思う。

夫の彼女を思う心が、どこか頭の隅にでも、残っていたんだろう？

今は、真面目に働いているということだった。

「教師冥利につきるね」

「そうやね!! あのやんちゃくちゃが、一人前に挨拶できるようになって!!」

人は一人では生きていけない！

一人でもいい。自分を理解し、受け止めてくれる人がいたら、何とか生きていけるものである。

『SOS』を発した時、それをいち早くキャッチし、適切なアドバイスを与えてくれる人が傍にいるというだけで、救われるものである。

私も、偉そうなことは、言えないけれど……。

夫と結婚して、いろんなことがあった。

むろん、一番大きかったのは、私の事故であるが……。

でも、一度たりとも、1時間かかる通院を、イヤな顔をしたことがない。

「今度の診察日は、いつ？」

「○月△日」

さっそく手帳を出して、記入。

いつ、治るともわからない私の病気【ＰＴＳＤ】の傍に、いつも貴方がいた。

涼やかな目に、いささか疑問を持ったけど、貴方を夫に選んだ、私の目に狂いはなかったということか？？？

貴方の『一の魅力』は、私が、選んだ『一の魅力』。

十二．変化

T先生の勧めもあって、この体験記に取り組んだ。

いやな思い出が大半で、最初はあまり乗り気でなかった。道半ばではあるが、前半10年間の、自分自身の人生を振り返り、今一度、自分を見つめ直すという意味を込めて、何とか書き上げた。

小学生の作文みたいな、幼稚な文章が、ただ羅列されているに過ぎない。

20年前にタイムスリップするのは、私には、荷が重すぎると思っていた。

でも、勇気を出して、思い出し、思い出し、記憶をたどっている内に、あんなことも、こんなこともあったっけと言うように、芋ずる式に、思い起こされた。

言葉では、意外と簡単に話せても、いざ、文章となると、なかなかうまく表現できない。それもそのはず、一介の主婦が体験記などと、大それたことにチャレンジするなんて、いや、チャレンジ出来るなんて、正直、思ってもいなかった。

丁度、離乳食を始めたばかりの幼児が、自分で食べたいと、スプーンを持ち、食べ物を載せようとしては失敗。また、失敗。後は思い通りにならないことに怒り出して、スプーンで、器をつんつんと突く。私の場合、まさに、それに似ている。何せ、人差し指一本で、パソコンのキーを打つのだから、時間のかかること、かかること……。

何度も、挫折しそうになりながら、やっと、ここまで来たというのが、本音である。

全くの素人だから、読みづらいし、文章は前後するし、表現はたどたどしいかも知れないが、ただ一つ、自信を持って言えることは、全て真実であるということだ。

話は、またまた脱線するが、どうしてもこれだけは言っておきたいことがある。

神経内科の検査をするために、N病院に入院したことがあった。伝統のある大病院である。

T先生は、私のために、【PTSD】であることを、そして、どういう原因でパニック状態になるか、詳細に手紙を書いて下さった。有り難いことである。

しかし、それを受け取った神経内科部長は、ちらっと見ただけで、机の引き出しに、押し込んだ。

『失礼な医者だなぁ！』と思ったけれど、『まぁ、忙しいから、後で読むんだろう』と、その態度を好意的にとった。しばらくして病室に案内された。そして、カーテンを開けたとたん、目に入った最初のものは、何本もの電線であった。

さらに、そこに現れた若い担当医は、黒いゴム管のついた聴診器を無造作に首からかけていた。

直感的に、足に絡んだコードだと認識した私は、フラッシュバックを起こして床に倒れ、意識を失った。

若い担当医は、初めて見る光景に、どうしたらいいか解らず、みるみる蒼白になり、あわてふためいて、後ずさりしながら、

「ご主人の方が、よくご存じだろうから、お・ね・が・い・し・ま・す……」と言うのが精一杯で、逃げるように、病室を出て行ったとか。

結局、T先生の好意は、机の中のただの手紙の一つとなった。

その後、担当医から話を聞いたと見え、部長とやらの肩書きの医師が、担当医と共にやってきて、

「貴女は、弱い人なんやなぁ!」

どこかで聞いた言葉が返ってきた。その上、私の病棟は2階で、真下は救急の出入り口であった。

もしも、いくら忙しいと言っても、T先生の手紙を読んで下さっていたなら、こんな病室にはならなかったはずだ。あんまり文句の言わない夫だけど、この時はさすがに頭に来たんだろう。

「病室をかえて下さい。先生はT先生の手紙を読んで下さいましたか?」

「……」

あまりの夫の怒りに、一瞬黙り込んで、傍にいる若い担当医に、

「婦長に言って、部屋を替えるように」

とだけ言って、病室を出て行った。そして、私は、救急車の音が聞こえない、窓を開けても、電線の見えない病室に替った。

その日の夕方、心療内科の女医がやってきた。手には、T先生の手紙が握られていた。

「患者さんに対する症状が、詳細に書かれています。医師としても、人としても、思いやりのある手紙です」

「T先生は、私の命の恩人なんです」

私は、T先生とのこれまでのことを、いろいろと話した。

「T先生と貴女との信頼関係は、誰も入っていけないくらい強いものがあります。私も、このT先生の紹介状を読んで勉強します」

T先生の紹介状が、どうしてこの女医さんに渡ったのかは不明であるが、机の引き出しから出されたことだけは、確かだった。

大勢の患者を相手にしているのだから、私など、その内の患者の一人にすぎない。注意散漫になることもあるだろう！　それなら、婦長や看護婦に頼めばすむことである。結局、私は、検査もせずに、退院することになった。

医師を志した理由は、病気の人を助けたいと、慈悲深い心を持ったからか、はたまた、食いっぱぐれがないからという、不遜な理由からか、親が医師だったからという、単純で軽い気持ちからか、様々であろう。しかし、ひとたび生業とするなら、病人と一緒になって、その病魔と闘って精一杯人事を尽くしてこそ、医師と言えるのではないだろうか？　病人は医師しか、頼る人がいない。

昨今、医学がものすごい勢いで進んでいるといっても、医療器械がどんなに素晴らしいものであっても、それを使いこなすのは医師である。

現在、5人に1人は、60歳という、高齢化社会にあって、医師も今までと違った目線で患者に接してもらいたいものだ。

傲慢で、上から目線で、診てやっているという態度は改めて欲しい。医師は、あなた一人ではないんだから……。

ある人が言った。

『腐っても、鯛は鯛』と。

もう一つ、大きな変化が、私に起こった。

事故に遭い、地裁、高裁も敗訴。【PTSD】になり、今も、通院。

この結果だけ見れば、これ以上の不幸な人間はいないと思う。

この体験記を書いている内に、少し、ほんの少しかも知れないが、5〜6度くらい、いや、

10度くらいかなぁ？　角度を変えて、物が見られるようになった。

例えば、『なんで、私だけがこんな酷い目にあうんだろう？いったい、私が、どんな悪いことをしたというんだろう？』

恨み、辛みの言葉だけが、頭の中を駆けめぐったものだった。

しかし、ある日、はたと考えた。

もしも、もしもだ。この事故が、子どもや夫だったら、どうだろう？

同じ病魔に苦しむ子どもや夫を、目の当たりにして、代わってやりたいと思っても、それは不可能。その時初めて、〝ああ、私で良かった〃と、思った。

神を信じるか、信じないかは別として、〝貴女なら、耐えられる〃と、この憎まれっ子に科せられた宿命なんだろう。

世間で言う〝憎まれっ子、世にはばかる〃ということか。

子どもが苦しむ姿を、親でなくとも、ましてや、親ならなおさらのこと、黙って見ていられないだろう？

そんな風に考えると、少し、いや、正直、大いに救われたような気がした。

「心身に傷ついた人を、見守っていく」と、よく聞く言葉である。

それだけ聞けば、思いやりのある優しい響きだが、私の考えは、ちょっと違うのだ。

『見守る』って、ある意味、その人に対して、何もしないということになるのではないか？

いい意味にとると、慈愛に満ちた言葉になり、悪くとると、放っておくという、冷淡な言葉にもなる。実に、便利な言葉だと、私は、解釈する。

８年間痛め付けられ、這い上がれることのない谷底に突き落とされた人間の、穿った見方かも知れない。

クリアできる物が増えたこと。

①今までは、コードの太さに関係なく、フラッシュバックを起こしていたが、携帯電話の充電器のような細　いコード。

②自衛隊のジェット機の爆音とマスコミの取材のヘリの区別。道路をこれまた爆音を立てて走るバイク。

③金属音でも、警報機の音の、全てではないが、おおざっぱな違い。

④救急車やパトカーの音は、突然、家の横の道路から聞こえない限り、つまり、遠くから近づいてくる音は、ラジオ・ステレオ・イヤホンで、カバーできる等々。

お陰で、フラッシュバックの回数が減りつつある。

それは、とりもなおさず、Ｔ先生初め、周りの人達のお陰であることは、言うまでもない。

一番大きいのは、思い起こし、思い起こし、この体験記を書きながら、私自身が、【ＰＴＳＤ】を、全部とはいかないまでも、少しは、受け入れることができるようになったこと。それこそ大きな進歩では、ありませんか？

十三．近況

今、私は生きています。

いや、正確に言えば、生かされています。

時の経つのは早いものです。

夫は、定年退職を待たずして、教員から専門学校の生徒に。そして、鍼灸・マッサージ・あんま・指圧の国家資格を取りました。そして自宅を改造して、治療院を開院、時々は、私の治療も……。

夫は、彼のいつもの性格をここでも大いに発揮、サービス精神旺盛で、ご老人、足のご不自由な方、通院に不便な患者様のために、送り迎えもしています。

夫、曰く、

「今は、来たら診てやるという時代ではない。送り迎えさせて頂くから、身体の痛みを取って、少しでも楽になり、長生きしてもらいたい。そういう治療をやりたいんだ」

朝8時から夜9時まで。昼休み30分のみ。連日過密スケジュール。

毎日が、贅沢な悲鳴。

長女は、大学院を出て、２０１２年、一級建築士の国家資格取得。

二女は、素敵な彼と結婚、２０１１年12月、男子出産。

そして、今、私はおばあちゃん。

生きていたからこその　たくさんの幸せ。

死ななかったからこその　たくさんの宝物。

諦めなかったからこその　たくさんの人の優しさ。

今、ここに　全てのものに　感謝します。

そして、
そして、
T先生とお会いしたときの、この一言が、私を【死】の淵から救ったのです。

「PTSDは、苦しい症状がいっぱいで毎日つらいことも多いけれど、自殺さえしなければ、決して死に至ることのない病気です」

ここにも、『一の魅力』が存在しました。

photo title : 「$99.\dot{9} \neq 100$」

十四．「一の魅力」

人　それぞれ　違った　魅力がある
昔から　それを『十人十色』という
たとえ　どんな　立場、境遇に　あろうとも
生きている限り
その人にしかない　魅力がある
「こんな私なんて！　こんな僕なんて！」
生を　受けた　その日　から
君にしかない　魅力が　ある
それが　解らないまま　人生を　終わってしまう　者もいる
自分の　手で　自分の　人生の　幕を　下ろしてしまう　者もいる
でも　ここで一歩止まって　自分を　見つめて　欲しい
自分ほど　不幸な人間は　ないと　思う時

死にたいと　思う時
どんな　励ましの　言葉を
何百何千回並べても
その　人達には　通じないかも　知れない
でも　誰かが　言った
「この　世の中で　致命的な　失敗が　あるとすれば　それは【死】である」と
【死】からは　何も　生まれない
こんな　生きにくい　世の中　だから　こそ
君の『一の魅力』を
信じて　欲しい

一《いち》の魅力 ―― ＰＴＳＤの体験記

2017年10月7日　初版第1刷

著者　高《こう》　詩月《しづき》

発行者　谷　安正
発行所　萌文社（ほうぶんしゃ）
〒102-0071　東京都千代田区富士見1-2-32　東京ルーテルセンタービル202
TEL 03-3221-9008　FAX 03-3221-1038
郵便振替　00190-9-90471
Email info@hobunsya.com　URL http://www.hobunsya.com

印刷・製本／モリモト印刷

ISBN978-4-89491-323-3 C0036